方健荣

生于敦煌,在 30 余家期刊发表过作品,主编《大美敦煌》《敦煌文化》等 19 种图书,入选中国文学好书榜等多种榜单。出版《一个人的敦煌》等诗文集 6 部,作品入选 50 余个选本,并多次获奖。

敦煌

DUNHUANG

方健荣——

著

TIME

时间

敦煌文艺出版社

图书在版编目(CIP)数据

敦煌时间 / 方健荣著. -- 兰州 : 敦煌文艺出版社, 2021.12
 ISBN 978-7-5468-2130-6

Ⅰ. ①敦… Ⅱ. ①方… Ⅲ. ①诗集－中国－当代 Ⅳ. ①I227

中国版本图书馆CIP数据核字(2021)第264393号

敦 煌 时 间

方健荣 著

责任编辑：田 园
装帧设计：马吉庆
制 版：王 晓

敦煌文艺出版社出版、发行

地址：(730030)兰州市城关区曹家巷1号新闻出版大厦
邮箱：dunhuangwenyi1958@163.com
0931-8121698(编辑部)
0931-8773112 0931-8120135(发行部)

天津旭丰源印刷有限公司印刷
开本 787毫米×1092毫米 1/16 印张 17.5 字数 240千
2022年6月第1版 2022年6月第1次印刷
印数 1~5 000

ISBN 978-7-5468-2130-6
定价：58.00元

如发现印装质量问题，影响阅读，请与印刷厂联系调换。
本书所有内容经作者同意授权，并许可使用。
未经同意，不得以任何形式复制转载。

序一
小是一种可贵的境界

林 莽

　　一个生活在敦煌的诗人，面对享誉世界的文化遗产，面对一望无际的千里戈壁，面对到处是汉唐遗韵的古迹与文明，他总在写"小"。在他的诗集中，有许多首以"小"命名的作品，如《很小很小的生活》《敦煌小诗》《立秋小记》《归来小诗》《冬日小记》……生活在大敦煌，写着小世界，这里有着作为诗人的发自对艺术展望的理性认知与选择。

　　中国新诗的第二个高潮起源于 20 世纪 80 年代初，那时的诗人们都在追求"大"，大历史、大文化、大视野，走向世界，走向巅峰，寻根溯源，追求无限。总之是以大的、宏观的叙事为自己的文化方向，即使是写小，写自己的生活与感悟，最终也要放在历史的大背景中，借以获得它的文化价值。

　　任何事情到了极致就会走向另外的方向，诗歌的审美也同样。从朦胧诗到第三代，从整体的对现代派的追求到网络时代多元共生的个性化的回归，心灵敏锐的诗人早已感到了时代潮汐的变化与趋向，当然，也有一些人，依旧在原来的轨迹上向前滑行，他们必将落伍于不断前行的行列。而在人们不知不觉中旋转的历史舞台，一定会把一些墨守成规、自以为是、故步自封的人带入黑暗之中。

敦　时

煌　间

　　诗人方健荣是一位清醒的诗人，是一位不断调整自己的诗人，他是与时代同步的一位诗歌写作者。

　　我们相识于本世纪初，算来也有十几年了。那时他还在敦煌政府工作，后来转到文化馆，后又到图书馆工作。我以为后面的两个工作更适合他的为人与性格。这些年我到过许多次敦煌，与他有了许多的接触，我一直称呼他：小方。

　　小方为人诚恳，做事认真、可靠，是一个值得信赖的人，也是个低调、诚心以求的诗歌写作者。每次见面，他总是默默地、简单而清淡地诉说着自己的想法和希望。你看着他，听着他的诉说，读着他的诗，有时会有一种幻觉，你会想到他在敦煌的大地上，孤单行走的样子。一个个头不高的人，低着头，思索着，匆匆地行走在城市与大漠之间，他的身影越来越远，渐渐与大地融为了一体，这时就有了某种超现实的感觉。

　　这种感觉，也许是源于他的诗。他的诗与他的人是相同的，正是诗如其人。他的诗，语言平和、清新，在自然叙述中逐步抵达了诗意的核心。他的诗时常让我想到现代主义绘画。

　　世界画坛自"印象派"开始了一个新纪元，塞尚、莫奈、凡·高、雷诺阿等一批画家，开拓了人类的审美新天地，而后出现未来派、立体派、野兽派、抽象主义、构成主义、超现实主义、新写实主义以及波普艺术等。但有些绘画大师很难归于那个流派之中，如：法国画家亨利·卢梭，他梦境与内心世界中的童话王国，很难归于那个流派。还有白俄罗斯画家马克·夏加尔，他是游离于印象派、立体派、抽象表现主义等一切流派之间的牧歌作者，他在心灵和画面中让生命飞翔。这是我在读方健荣的诗歌《当一只杯子飞过》时，突然想到的。

当一只杯子飞过／孤独，不可言说／／并非一无所有，像远方／早晨打开了所有的窗……当一只杯子在天空飞过／这一只重有千钧的杯子／盛过星光，飓风／盛过海洋，和滔滔话语……一只杯子，什么也没有／空如大海，空如孤独／空如一页干净的白纸……谁能听懂那波浪，在荡漾／那一场空，那流尽的海水／和时光……（《当一只杯子飞过》诗节选）

应该说小方的诗是纯净心灵的幻境，虽缺少卢梭浓重强烈的梦幻之感，但却有一种寂静中的童稚和超现实的返璞归真，他的诗更接近夏加尔那些童话般宁静中的幻象，如他的绘画《窗外的巴黎》《蓝翅膀的钟》《散步》。当然，他的诗歌中没有夏加尔那种粗放笔触下的飘逸，它的诗更接近的是夏加尔作品恬静、安然的部分。

也许我不应在这里将一个中国诗人的作品与这些大师相提并论，我其实想说的是：诗人方健荣在当下中国诗歌多元化写作的大环境中，他不追风，不被某些假象所迷惑，多年潜心以求，寻找到了属于自己的诗歌之路。他是现代的，他同样融汇了许多中国新诗的新的写作方法。清新、明快、有童稚般的幻象与梦境，有超现实的飞跃与寂静，他的诗是独具现代特色的。

我用《小是一种可贵的境界》为题，是想强调，诗人的写作一定要对自己、对诗坛的整体、对人类文化史有一个全面清晰的认知。"小"是一个人对自己的要求，是回归自己与内心的一种暗示，是对那些浮躁、表面化、不食人间烟火的写作的一种远离。"小"并不意味着只写小情小调，它是小中见大，是从个人出发，更加自觉与真实地走向世界。

一个优秀的诗人,要在写作中寻找到属于自己生命与灵魂的部分,以一个诚恳的工匠的心态,努力完成好自己。方健荣一直是在这样做的,因此他有了属于自己的艺术境界与诗歌作品。

是为序。

序二
一个有着幸福感的诗人

人 邻

不记得跟健荣认识多少年了,很久了吧。

五年前因事去敦煌,跟健荣见面是约在一家酒店。我的记忆是在二楼,健荣却说是在一楼。二楼的记忆,也许是缘于吃饭时候也许是时间晚了的清净吧。吃了什么,忘了,喝的酒,也忘了。健荣却记得是河西走廊有名的金瓜御酒。我只是记得,他说了有关身体之类的话,于是我让他少喝一点,他却不肯。

健荣生在敦煌近郊的一个村子。读书后进城多年,身上却依旧有着乡间人的热诚朴实。他的诗,也有着那样的热诚朴实。有写给友人的,我看了,很感动。健荣对朋友用情那么深,当下是少见的。有河西地理背景的,有些,我觉得没有写进去,是泛泛的风景,糅杂了一点背景。也有一些,值得读。再读的一些,是他随心所欲写的,因由感受良深,他亦写得朴素,执心见性,却有蕴含。还有一部分,是写给妻子儿女的,也有几首写父亲、姐姐,尤其是写给妻子的,写得那么深情,那么干净,没有花前月下,只是寻常物事,尘世相伴,却深深触动了人。当下的诗人,已经很少,甚至是不屑于给妻子写诗了。

读这些诗,我发现,凡是面对人的,健荣都写得入情。他是一个爱人的人，对友人，对亲人，赤诚一片。这样的诗人真的不多了，像是古人的情怀，却是当代的意思。

他自由撒开了写的那些诗，是倾诉，冥想，是一个诗人对人世和世界万物探知后的五味反刍。如果说他的情怀反映在那些写给友人、亲人的诗里，那么，这些诗则是他对人之为人和人与万物、人与时空的深入思索。何为生命？生命何为？个体的生命与浩瀚自然有怎样的关系？都是他所着意探究的。而他的探究，是富于诗意，不枯涩的。读这些诗，要让人停留下来，咂摸了味道，再往下看的。

他亦有触及现实的诗，写村子里的人，写他们不易的生活。那些诗里，有着诗人的悲悯和无奈。

近日去敦煌，临走的前一天晚上，健荣骑着自行车，带着小女儿，来跟我会面。我在健荣的脸上看到了他平和的幸福。他不贪婪，他所需不多，不孜孜以求名利，有相伴的妻子，有乖巧的小女儿，有或远或近的心灵息息相通的友人，有那些值得读的书（他在图书馆工作啊），有敦煌，有那一片土地的慈悲承载，有他可以不断写下去，可以一步步写得更好的诗，他觉得已经足够了。

一个有着幸福感的诗人，感恩的诗人，他的作品是值得读的。

2021 年暮春

目 录

Contents

卷一

003　我接近的美
005　回忆
006　这恬美的片刻
007　风，一个劲吹着我
008　早上真好
010　我热爱，如此这般的生活
012　被温暖的灵魂撞醒
014　错过
016　暴雨之前
018　秋天，在降落
020　在沙漠里种荷
022　短暂的旅行
024　一个人拖着行李箱
025　泪水
027　邂逅

028　我要去寻找有灵魂的人

029　我曾陷入一种悲伤

031　一切，并未发生

033　致——

034　灵魂课

035　在春天到来之前

036　一定有人又从我头顶上经过了

037　疼

038　秋天小诗

039　好久没有到旷野上走走了

040　秘密，到来的夜晚

042　这个早晨

044　　一本书

046　早晨偶记

048　在两个世界里

049　海上的月亮

051　湖上花瓣

052　春天的马

053　神在的早晨

卷二

057　对话之诗

059　总有什么，在你目力之外

060　自由记

061　尘埃记

063	在天空看到的印迹
064	当一只杯子飞过
067	杯中之物
068	午后，发生的意外事件
070	一路狂奔
072	那片高地
074	对视
075	湖水亲吻的瞬间
077	在湖边行走或想象
079	元夕夜小记
081	雪天，偶然穿过一片树林
082	独药师
084	很小很小的生活
086	苍茫瞬间
088	初冬午后
090	冬夜散步
091	瓷器
092	春天醒来
093	我的心为什么冷了
094	寂静的春天
095	致友人

卷三

099	夜晚读诗
100	西湖老街

102	寻河记
104	街头偶见
105	这车轮，这吻和丝绸之路
107	天上流的河
109	旅途上
111	旅行记
113	阆中行
115	良渚岛
117	饮酒记
120	暂别
122	在乡间，兼致美国友人
123	西域晨记
125	沙漠中的花园

卷四

129	魏晋墓
131	黑山石刻
132	嘉峪关
134	在丝绸之路上
135	我常能做的事
137	八匹马在草原上
139	自由的地方
141	荒芜之地
143	怀想
144	金塔之忆

145	风中瓜州
146	渺小的浇花人
148	在沙漠上的时光
150	绿洲速写
151	天鹅
153	高原夜语
155	沙尘暴
156	德令哈
157	一只蚂蚁生活小记
159	敦煌
160	月牙泉
162	阳关即景
163	玉门关
165	阳关的风
167	在敦煌
169	敦煌小诗
171	敦煌时间
173	佛只在一个黑黑的地方
174	孤独的白杨树
176	一个人的敦煌
177	河心小岛
179	莫高窟
181	藏经洞
183	雷音寺
185	沙漠水库
186	在敦煌的夏天

188　谁为我神

190　驼队

191　西部村庄

192　白云记

194　平安诗

195　德令哈小记

196　西行记

198　走神

199　天边的马

200　草原一夜

201　草原上

202　羊群走动

203　秋风

204　两匹马的爱情

206　马

207　沙子

209　骆驼刺

210　敦煌诗篇

211　秋日午后

卷五

215　冬日小记

216　我只爱一种诗意的生活

218　致春天

219　失败，于冬天枝头上的美

221	神在的时刻
222	简单的春天
224	良宵
226	在内心里保留一点点神秘
228	需要
229	立秋小记
231	初冬小诗
233	苹果的坠落
235	怀念
236	从来
237	失败者
238	仙人掌
239	在旅途上
241	父亲
242	春天之约
243	我去过最深的地方
244	九点
246	归来小诗

249	文学敦煌的守望者

敦 时

煌 间

DUNHUANG
TIME

卷一

在沙漠里种荷,在石头上

或今晚的月亮上

心,就像种子

步步生莲,以我为莲

我接近的美

有一次，我几乎接近了美
那一刻
我灵魂战栗
被感觉到的
撞了满怀
那一刻
我眼含泪水
久久站立
久久注视

这是花枝低处的美
因为太低
已接近了泥土
根脉把大地紧紧吸住
那一刻
也听见了
热血流过我的心脏

我忍不住
把手伸向了干净的枝头
在那一刻
我又一阵战栗
手触到了电击的感觉

那一刻我空空如也
只有受伤的手
凋零的心
慌乱的脚印
告诉我，我曾来过
我曾接近

有一个声音
在看不见的远方
轻声说：
美，是不可接近的

回　忆

一路走来
一阵风吹开那年春天
僻远的西部
悲欢离合的瞬间
和最卑俗的人对坐
没有谁洞悉我心灵的高尚
我在生命远方的坚持
无言无语
让风吹进来
向着我心情相反的方向
吹进我的身体里来
让花香和光亮都飘落下来
让风刮来所有的苦难和幸福
让月光的波涛埋进匆匆远去的脚步
和深含心口的一场酣眠
说不出口的话语
轻轻消失在回忆
手捧敦煌
我让风带来一生的金黄

这恬美的片刻

头隐隐作痛
身体已困乏得不想动
太疲惫了
昨天，前天
不，三十岁以后
疲惫已很明显

午休，如此热爱的时间
每天，不得不，把头颅
和身体放下

杂乱的人世里
那些向上的念头
也放下，都放下
让我打个盹儿
让我酣睡一会儿

呵，这恬美的片刻
什么也别想打扰我

风,一个劲吹着我

只有清风 吹了吹我

被你遗忘之前
先使你疼痛难舍
脚步趔趄
大道如天　鸟儿飞过
一些故事　犹似麦粒
浸满一个秋天的泪水
我走着
你一定也走着

自然会相遇
势必要分开
让我望一望云朵
你也望一望远处的湖泊

好久好久不见你了
再也没有说一句话了
风吹一吹　再吹一吹
风一个劲地吹我

早上真好

噢,阳光真好
抹在了屋顶,树梢,云,路上
真好,千金一刻
不卖给你
这光阴
这无所不在的阳光
比手指头还短
很快就会抓不住了

可那马,那白马,那黑马
正在过隙
远远看,根本不像马
也不像两匹
眩晕里
我把自己也算里面了
让它们吃草吧
味道真好

我,把阳光
一点一滴地
抹在面包上
抹成蜂蜜应有的厚度

再轻轻捧着,放嘴里
——噢,真好
早上真好

我热爱，如此这般的生活

即使冬天寒冷，也要在早晨打开窗户
让炉火的热，和初升的朝阳
彼此呼应

我要站在窗前，深深呼吸
我知道我呼吸的也是
山群、旷野、河流呼吸过的
是草木和冰雪的气息
是一匹马在路上的气息

我喜欢让一抹小小刀子般的冷
擦拭我的脸颊
好像这天地之灵气
把我的肺我的心
我的身体
我的五脏六腑悄悄地洗了三遍

我喜欢远远地望
那山脊上滚动向上的太阳
有多少人开始了他们的远行
那些新鲜的车辙

时

间

真像两行热泪

此刻，它们就挂在
我热爱的脸上

T
I
M
E

被温暖的灵魂撞醒

一声鸟叫中醒来
脸庞还留有梦的印痕
在沙漠的北方
每天都会被风吹响

天寒地冻，十二月的雪
一次又一次敲打窗户
在谁的脚步里
发出吱吱声

身体被包裹得严实
似乎不留缝隙　无意裸露
这样冬眠的人
几乎不再耽于怀想

可那个呼呼迎面而来的是什么呢
一不小心　撞了满怀
火炉？初升的太阳？
即使在最寒冷的月份
也有这一颗莽撞的灵魂
把一扇麻木朽坏的门
骏马一样撞开

随之发出

波纹般久久的欢乐

是醒来中的醒来

鸟叫中的鸟叫

错 过

在冬天写下春天的祝福
我们注定走在不同的路上
在时间里相遇
错过才是真实

并没有在一场雪中遇到花开
也没有在一本杂志
遇到动心的诗

当列车在荒原驶过
我们注定错过一片蓝湖
它属于它自己
而我们，谁也不属于

在一个属于我们的时代
之中没有你，没有我
在漂泊中漂泊
在错过中错过

在芸芸众生中没有一次相遇
在早晨错过了傍晚，在尘埃中错过了星辰

甚至连错过都来不及说
或许，从来也没有过——
错过

暴雨之前

看见天空中
一白衣男子
配挂一柄宝剑

这个人,似曾相识
这个人,是否
一直走在天上
只是,为什么
我从来看不见

李白看见过吗
苏轼看见过吗
那时
他也一定在天上

在每一场暴雨之前
雷声轰响
噢,他出场了
身配宝剑的人呵
锋芒,在滚烫血液
在无比悠久的内心

突然拔剑的瞬间
这个高高在天上的人
却将尘世里浑浑浑噩噩
做梦的人
唤醒

秋天，在降落

秋天在降落　一条拐弯的大河在降落
天空倾斜，月亮上的沙，云上的白和灰
果园里　苹果在降落
风暴来的中心，爱情去的边缘
所有的叶子　花朵　星辰
一阵疾风　掠过　在降落

一场大雪　在路上　也在马背上
岁月苍茫　一万个失魂
在降落

旷野像母亲，湖和子宫
留下了记忆　辙痕
空空的道路　只有白雪
尖尖的光芒
犹如李白一头白发
在寂静中发出　狼的　饥饿的嚎叫
飞向　鹰的　犀利的　远方

时间，嚎叫，尘埃，万物——
当你的背影，消失
当疼痛，薄薄的刀片
把世界分割

我发现,苹果的核不是红的
一只迷途的羔羊
一半瘦了下巴的月亮
一架飞机
　无垠的大海上　羽毛
纷纷扬扬的令箭
蔚蓝地　在降落

潮汐的海,汹涌,泪水
春天,在四季的更迭中
迟迟,短暂,可望不可即
落日　变成巨大的空洞
独自燃烧　万念俱净
一页诗卷
书写
交给擦肩而过的地平线　相遇的海平面
莫言呆呆的木头桌面,裂开峡谷的缝隙,
惊讶,忧伤,敬畏
像生铁　在火焰中
一颗心脏
在徐徐的幕中　倾泻　降落

在沙漠里种荷

在沙漠里种荷,在石头上
或今晚的月亮上
心,就像种子
步步生莲,以我为莲
其实,更喜欢是漆黑夜晚
脚下皆是淤泥
一场风暴吹打过来
我的莲花,会是什么样子

让我在星辰上种荷
在白羊座或射手座的银河两岸
在北半球,和遥远的大海上
那荡漾的一万亩红的白的花朵
将在六月的泪水里怒放
在谁眼里摇曳
你看不看得见

这个在沙漠里的种荷人
荷锄,背着一场失败的爱情
在长满仙人掌尖尖小刺的荒原上
独自种荷,汗水流过手指

而内心,那么洁净
空空的竹篮子,打捞着人世
最大的一场虚空

在虚无里种荷,在即逝的此时
在无数落日的远方,种荷

短暂的旅行

秋天的短暂旅行　并没有计划
在雪山和荒漠地带　在绿洲的早晨
大片向日葵盛开　马匹低着头
一条小河流的缓慢
像要洗一洗，背着包的城市人

列车时速达 150，还可以更快
向着车窗，向着急速移动变幻的风景
这些在生活中困顿已久的人
真想跑出去，透透风
可仍然困顿
在列车飞翔的晕眩中

一个奇妙而短暂的旅程
在音乐响起时
徐徐打开了
一本书恰在此时
从行李架上自己翻开
啪　掉在我的头上

短暂的旅行　没有任何准备
就这样投入了　一片大海
一片动荡星空

就这样想着　远在他乡的友人
似乎在瞬间　已历经沧桑
雪还没有落下　一切刚刚好
心和身体在愉悦里
如一把钥匙打开锈迹的锁
一切刚刚启程

一个人拖着行李箱

一个人拖着行李箱
在天空一颗小的星辰旁

那朵云　暂时开成莲花　更多时
淹没进黑暗　不在故乡
不在母亲的眼里　在一个人拖着行李箱的
山巅　海边　在一副墨镜的远方

一个人拖着行李箱　在东　在西
在南　在北　在早晨的欧洲冰川
在夜晚的北美洲深山，停住

一个人拖着行李箱
一双翅膀　在一行文字里飞翔
疼痛　不过是一句祝福

一个人在阴雨天　在月光
把海平面擦拭成蔚蓝桌面时
拖着丢也丢不开　放也放不下
舍也舍不得的　行李箱

一个人在地球的转动里
在黎明时梳妆
一个人拖着行李箱

泪　水

自你的昨日　伤口
在一束玫瑰花的尖刺里
取出

不免心惊　不免悲凉
这火焰里的血液
这心底沉淀的盐
这漫漫丝绸之路上
走过的僧人、侠客、少女
这漫天的乌云压城　城欲摧
这彩霞铺开的一场大梦
然而，闪电开花
大河决堤

这掠走灵魂的马匹
这英雄失路的黄昏
这一声呜咽
这一阵风吹

来吧，来吧，干一杯酒
山高路远，天下空旷
天下其实，也无故人
相逢很近，却在天边

一生一次，皆自内心
抱头痛哭，挥手已别

自你的血肉　眼眶
自这一骨头般凛然之诗
在这个下雨的早晨
取出

一大颗泪水
其实，是一场
滂沱大雨
自泪汪汪的万千枝头
素洁花朵
染红背影　打疼人世

邂 逅

这是值得相遇的地方
也是自古伤离别的地方

马匹总是向西
飞鸟向东
苜蓿花开到长城脚下
开进火烧云的黄昏
静谧的星辰依次摆开
不知下棋的人
有没有走远
天下匆匆
已更替了
好几个朝代

这是自古伤离别的地方
劝君更进一杯酒
泪水溢满了酒杯
一句话说不出来
喝吧
这是今天相遇的地方
纵然我们相遇
逃不出
自古
就有的伤离别

我要去寻找有灵魂的人

把胡子刮得干干净净
我要走出门去

把心情梳理得平平顺顺
把心意怀抱得恭恭敬敬
我要去见人去

在人群中我还是自己
还是一样孤独
可我知道我的渺小
是干净的
我的无语
是恭敬的

在君子与小丑混淆着的人间
是有过自卑，无助
亦可能泪水滂沱，无计可施
可我从不愿只背着名字的躯壳
而把饱满疼痛的灵魂丢弃

我是有灵魂的人哪
是要去寻找有灵魂的人唉

我曾陷入一种悲伤

竟突然悲伤
在早晨,陷入淤泥一样的混沌
在悲伤里,走了很久
回不过头

这悲伤,来自身体最深处
灰暗的河水
一直擦拭着这个世界粗糙的边缘
它似乎因某种界限
把一切都可以分为两半
在我悲伤的早晨
你一定拥有无尽的黑夜
而这,并不使我忧伤
分别,在每一天
要学会与美好的事物——挥手
并成习惯
如此长久,天各一方
这悲伤,并不能成为理由

而我突然就陷入
莫名的悲伤似更有力量
犹如你读着海子的《天鹅》

《在昌平的孤独》

低低的平缓的声音
一次又一次,犹如大海
拍打而来

在一个人的沙漠上
感受着海浪
和天空一样
拥有广阔无垠的蔚蓝快乐
阳光遍地

我不应该如此悲伤

一切，并未发生

雨没有落下来
天空也没有放晴
我的心
久久地怀想
只把一个人
装在美好期盼里

地球照样日夜旋转
在亿万年的轨迹里
月亮照样十五圆了
之后消瘦下去
它们没有拥抱流星
也没有彼此亲吻

我没有再见你
虽同在一座城
如果灵魂与灵魂相逢
那是一个春天
还是一个黄昏
似乎记忆　抑或往事

假使一切
并未发生
该是多么美好
让一生作证
让天空或微风
带去永远祝福

致——

借你肩膀
让那个走了远路的人
靠一靠

看他疲惫的头颅
重重　垂下

让他，暂时
做一个香甜的梦
梦里
他就是早晨刚开的向日葵
抱住了收获的大片土地
抱住了滴着露水的爱情

那绽放光亮的太阳
此刻
只照他一个人
只照，一个人

灵魂课

一群诗人,坐在列车上
或骑马在草原上

天空静悄悄的,谁在念
谁又在听

这时代渗出血的部分
染透了抱着沉沉果实的秋天

游离出身体的时间和微风
在星群和枝头上起伏

寒凉的人间,巨大的课堂
带着灵魂的人一一入座

座无虚席的天空和大地呵
让我耐心摘下一颗一颗心

在春天到来之前

要好好睡一觉
在一个美梦里翻过身去
春天到来之前
要大大地下一场雪
一阵接一阵寒冷的风
在小溪流淌时悄悄停住

像一个美好的人
那些白杨树挺拔地站直身子
在路边等候一个久违的消息
把多余的枝条都删除了吧
这样世界就不再沉重
我的烦恼和多余想法
也统统丢在脑后

在春天到来之前
要拥有一颗最快乐的心

一定有人又从我头顶上经过了

飞机飞过这个早晨
天空如海　没有浪花

我坐在靠近窗子的地方
仰着头看　恰巧一只鸟儿飞过
阳光把风景切割成光明与阴影
在目光延伸中自然交替过渡
在大地上的一间小屋里
我只拥有一小块窗口
可也就相当于拥有了整个天空
可我只听到飞机每天都会经过头顶
隆隆的声音
没有看见飞机
却总有鸟儿从窗口飞过

彼时天空蔚蓝　没有云沫
一定有人又从我头顶
一条我不明白的什么道路上经过了

疼

手指被一扇门压住的早晨
钻心的疼
撕裂着整个身体

相信那是人群里
最揪人的瞬间
也相信那是灵魂
最痛苦的煎熬

无声、苍白、噙泪眼里
让人直想把这世界抽一记耳光
脑袋嗡嗡响着
血一个劲儿涌向额顶

当痛感消失
再也想不起来
我又一次将手伸向那门的黄昏
——哇的一声尖叫
一个人仿佛被电击倒
疼,又一次冒出
拳点样扑向
金星闪烁的眼睛

秋天小诗

秋天的午后,阳光微凉
让我坐在你的对面
茶沸腾　是因为一颗注满热血的心吗
可你的话语似乎遥远

隔壁学校的孩子们吵闹
这个世界却突然安静

说起往事、朋友
说这一年过得好快
此刻却不知如何度过
明白谁的脸上都多了些微忧伤
那是一根白发吗
把胸膛和心戳得疼呀

到河边走走吧
其实,我一个人去也可以

好久没有到旷野上走走了

好久没有到旷野上走走了
心中只觉得缺氧
还有脚,没有光着
在风里踩那些泥土、野草
好久没有让阳光晒晒脸
或屁股
哪怕自由地奔跑一阵
呼喊着
好久没有看一看马
看它甩着尾巴
或者驴也行
再不就是一群散漫的羊吧
真的羡慕那个牧人
躺在草坡上哼着什么
这才叫活着
不要听人叽叽喳喳说的闲话
只愿听一棵树
或一只鸟儿说的
那样的天空真蓝真蓝
比一颗宝石或心还要纯粹

秘密,到来的夜晚

秘密的一切,包括内心
来到了夜晚
什么也看不清
黑漆漆的
回到了什么样的家乡
或怀抱
我屏住呼吸,我蒙住眼睛
有那么一刻
呆呆的,是享受
还是忘却
实实在在拥有自我
拥有无边无际和空空如也
不再寻找去路
擦拭着有点沧桑的脸
摸摸突突跳动的胸口
真的没丢什么
真的不需要太多
却差一点落泪

这个夜晚

我如许平静　如许感动

秘密的一切，包括星辰

已来到夜晚

那么，让我仰望星空

沐浴尘世凉凉的风吹

这个早晨

微微凉意,在这个早晨
逼近了我的后背
人少,人真少
巨大的图书馆
让我敛声

打开心灵
独对一个美好世界
是的,美好
这里的一切
连呼吸也感觉到了

美好的又一个证据
是很快把自己忘了
也把一切忘了
我只是沉醉
并没有喝一滴酒
却醉得如此厉害
几乎从想象中的马背上
栽了下来

我大概是一只春天的虫子

刚刚苏醒过来
钻进一本书里
怎么也不想出来

我品尝到
那清脆可口的
渗进灵魂里的甜了
我也被巨大的痛或快乐击中
身体和头颅
微微战栗
我获得一种比天空和大海
更广大的内心
无边无际的自由
非我高尚的境界

这个神奇的地方
通向心向往之的
所有远方
此刻，我似在一列刚刚启动的火车上
并没挪动双脚
可我竟然已身在湖畔
并很快抵达了
那无比遥远的森林

一本书

一本书会不会自己跳下高高的书架
它在那儿待得太久了
一本书会不会拍掉封面上的尘埃
它的脸有些脏了
一本书会不会自己打开
有一页是那么的美
它有些急了

可热闹的人
把这本书的天堂忘记了

一本多好的书
在这个年代
比我一个孤单的人还要寂寞
多么长的时光
没有饥饿的手指翻开了
没有热热的目光仰视了

一本多好的书
只好闭了嘴巴
在巨大的图书馆
像一个怀抱思想的守望者
把精神藏起
把星辰藏起

而它朴素的名字
似乎等待
一个必须醒来的春天

早晨偶记

就是看见,远山越来越清晰
乌云越来越亮
天空变高变大了
一个朦胧的人
也逐渐清醒

光亮,似乎从看不见的地方
悄然转身
走了出来
有一刻,我几乎相信
黑夜是个巨大的子宫
早晨,只是
一缕光亮发育的孩子

太阳突然喷薄而出的刹那
——又一个伟大的早晨
以大地为产床
以河流为哭声
猛然从时光无边的身体上
——呱呱坠地

一句如此新鲜的情话
以道路为笔迹

写下　今天的未知
以鸟语
说给所有的
树叶
和天底下倾听的耳朵

在两个世界里

和你面对面而坐
但其实我们在两个世界里

你还是那么孤独
我亦是如此疲惫

这早上的太阳
把阳光均匀地洒在你我的身上

没有人关心精神的缺席
我们还说了两句贴己的话

我们在两个多么不同的世界
但对此，你又一无所知

海上的月亮

看见一个燃烧的人
看见她的泪

泪滴在太平洋
一个大海也被点燃

我知道一个年代的真情
比飞驰的列车迅速
这是人类内心的内心
这是幸运绽放的幸运

海上的月亮
在手臂的舞蹈里波动

与春天干杯

与你对坐,在风里
一片烂漫山花绽开

还有什么舍弃不下的
注视,仿佛已有千年
如果仍然需要
我情愿再有一千年
除了爱情,没有什么表达
可以对抗多风的世间

我只要一杯酒,如血鲜红
要我们的话语如嘴唇轻碰
拿心灵与春天干杯
她那么大那么清的湖泊
也需要我来欣赏致意啊
我只要在生命的瞬间
看到万物复苏　大地春回

湖上花瓣

一夜之间,千万朵桃花
凋落
在轻轻荡漾的湖面
恰似摇曳起舞的美人

谁也没有看到,一夜花雨
在风里飞翔起舞
美的凋零,一朵一朵
千万朵花结伴从枝头落下
听听,那瞬间说出的话语
多像琴键上舞蹈的音符
触目惊心的一幕在早晨停了

一朵朵水上的花瓣
鲜艳,寒冷
它们揉洗精美的花布
抖动在微风的手里
爱情　生命
一如纷纷的花瓣
在这样的早晨
多想它们又回到枝头
为一个人而重新绽开

春天的马

我如此深情地凝望
一匹在春天走向原野的马
它的皮毛并不光泽鲜亮
身上还留有去年的伤疤
可它蠢蠢欲动的心
和扬起的鬃毛
让我把这个暧昧的春天
看得和它一样高大
不过是一个中年男人
在春天有些许想法
试图找到一句恰当的话
对春天有所表达
可当面对这样一匹马
一匹在微风里刨着草根咀嚼阳光
对我毫不在意
甚至在我靠近它时
甩了甩尾巴表示怀疑的马
我竟有些呆滞、笨拙、木讷

它随意走动
打着响鼻
试图在草地上打个滚儿
那样忘情
没有说一句话
好像已把整个春天表达

神在的早晨

神在的早晨
也有凉意,沁入我的肩膀

平静中,一树梨花带雨
悄然开放

不远处,大海涌动波浪
无人,亦无人的声息

神在的早晨
只有安静,流进了巨大静默

犹如蔚蓝和洁白交融
两种颜色,在地球某处照耀

我怀着敬畏,默默地
屏息宁神,一句话也不说

敦 时

煌 间

DUNHUANG
TIME

卷二

在湖边行走的早晨

只愿变成两只傻乎乎的水鸟

一直这样把时光挥霍掉

或者拍拍翅膀

在天空 草地和湖上飞成春天惬意的风景

对话之诗

一杯一杯喝水
一页一页翻书
窗外有风
也呼呼要进来

你说：图书馆的生活
是幸福的
又说：要照看好那些书中的人
那母亲、孩子
还有那坐着火车
正去远方的人

而此刻，你在何处
在书中，还是远方？
你送的杯子
在我手中
你喜欢的书
在我手中
海上的风，此刻
肯定吹到了我——
这相当于
你照看好了我

在一个陌生的
叫美国的地方
我的早晨正是你的夜晚
请问：你一个人
谁来照看你

你说：我们每个人
都是自己
可爱的孩子
要照看好自己

很久很久
你说：这话是你说的
多好

我在茶杯和书之间
如一只突然惊醒的蚂蚁
在一行诗的春天里
迷失了自己

我说：要
照看好这人间
这小小的孩子

总有什么,在你目力之外

尽可能地走,走得远些
总有一些别致,在目力之外

这些巨大的虚空,有时脚踩上
格外实在
也不同于想象
要不你捡起那片状石头
扔得更远些
听那河谷里有无水声
再把手放在一棵老树上
摸摸
那粗糙的皮
像不像张人脸　尽是沧桑

再走得远些,沙漠就让风
吹出大海才有的皱纹
真的没有路,可你也得走走
似乎有驼铃响
那么空旷
在你目力之外

自由记

应该喜欢空,和空白
像没有说出的话
你不知道,那深深意味
似乎有陌生之感,脚步未达
那种空空荡荡
那种无痕无际
那种不可说的美

那种沙尘暴带来的消息
那春天——
没有一片叶子
没有一朵花
什么也没有的啊,这春天
多么迷人

一首诗也应该这样吧
空空荡荡的,可以跑马
或可以让想象跑马
让眼睛、鼻子和耳朵
无拘无束的
都自由起来

尘埃记

在漫长的冬天
曾写下一首长长的诗
——尘埃记

伴随纷纷扬扬的三场大雪
我醉过两次
在一个堆满古书的房子里
孤独,流泪
又在一个晴朗的日子
坐火车,去不远的另一座城市

有多少记忆
也纷扬
也喧嚣
也宁静
抑或沾染了淡黄色的忧伤

现在,坐在春天
在还没有一片绿叶的时候
轻轻地,把这一切都擦掉
是的,擦掉——尘埃记
这,长长的诗
这许多情感颗粒,这深深迷恋过的汉字……

干净的桌子上
乌云和烦恼，正被擦去
痛过的手指
把阳光，徐徐打开……

手捧诗卷，如一匹马
自由在草原

这一匹马也在内心里
在血液里
在每一个细胞里
在一呼一吸之间
在心跳里

这一匹马
是喂养的灵魂
青草
湖水
黎明的鸟叫
风雨和长路
让它醉在
奔跑的风景

在天空看到的印迹

在飞机上,透过左边窗玻璃
我看到地球表面
一些奇怪的印迹

我想看清,但有云和雾
一些特别美丽
另一些,杂乱无序
我不知道
如何表达赞叹或遗憾

后来忍不住
请教乘务员
她说:那丑陋些的是城市
美丽的当然是河流

我惊讶,地球上如此对比明显的印迹
一种是大自然奇妙的杰作
另一种却潦草挥霍
完全是人类失控的败笔

当一只杯子飞过

当一只杯子飞过
孤独,不可言说

并非一无所有,像远方
早晨打开了所有的窗
亲手描画的杯子
在火焰和水中受难三百零一次
长得好出众的杯子
怀抱一个女子
所有江南春天,好的风景
柔软的心

当一只杯子在天空飞过
这一只重有千钧的杯子
盛过星光,飓风
盛过海洋,和滔滔话语

一只杯子,并不会为谁停留
一只没有翅膀的杯子
在天空中飞翔、盘旋
似洁白勇敢的候鸟

没有方向，惊心的美
掠过转弯的季节，掠过所有泪水

一只杯子，什么也没有
空如大海，空如孤独
空如一页干净的白纸
空如一场空
从天空跌落
没有一行诗驻足
它只在天空飞翔

当一只杯子回归
从这巨大日落里起飞
带着脆弱的创伤
最终回到出发的地方
把一个人手指的疼痛
还给最初描画的心
那一颗敏感在大海边的心
比杯子更空，更平静

谁能听懂那波浪，在荡漾
那一场空，那流尽的海水
和时光
珍贵的杯子
也可以是此刻
这灵魂中唯一的白

一块石头、一粒沙
沉淀进月光底部
像远方,一无所有
几个世纪,多少夜晚
沙漠和尘埃被风吹散

唯一只杯子,在自己的天空
在自己的怀抱里
盛满爱情一样的潮汐,空
自由自在飞翔

杯中之物

这原本是别人的,也是我的
谁会愤怒?
满满的
可不过都是泪

几十年的光阴,几度秋凉
哪怕泡得如血
可还有人走,茶凉

什么也找不到了,美好
最终冰消瓦解散落一地

杯子,最终是空的
不,我分明看到了无数移动的星辰
易碎的,心
天底下没有比这更痛的一块肉了

只有这如血浓稠的照耀
亦淋漓吹拂如晨曦的长风
这天空,大地的杯子
不在你,也不在我的手中

午后,发生的意外事件

午后,在房间
随手翻一本诗集
心不在焉,若有所失

丢下诗集
一不小心,打翻了茶杯
这一地的玻璃、浓绿的茶叶
让我战栗,若有所失

我用手指捡这些碎片
我捡着什么,若有所失
看见光里有一个影子
他在重复我一系列动作

我看见书合上
杯子掉下去
那个影子急急慌慌
他有没有一颗欲跳出胸口的心脏
——若有所失
这午后突然的事件
提醒 50 岁的我
生活,在一瞬间
重复了一个无法言说的真理

——那个杯子
其实,永远也捡拾不起了
有好多事情,若有所失
在突然之间
就永远也不存在了……

一路狂奔

我一路狂奔,失魂落魄
从你的眼皮底下逃走

我没有眼泪
也没有灵魂
我如此贫穷
背着空空的躯壳
没有一盏灯
也没有投奔的故乡

我一路狂奔
从灯红酒绿和欢声笑语中
落荒而逃
我牙齿打战
已丢失了翅膀

惭愧像零度以下的寒风
吹向麻木的脑袋
我的身体
和行尸走肉者没有两样

我一路狂奔
不知是我伴随着影子

还是一群影子追赶着我

如果你是一个穷人
像我
如果你已喝不起一杯酒
就佯装一个失败的人
捂着小丑般的嘴脸
和盲人般的眼睛
跌跌撞撞　一路狂奔

没有人认识我
我只是一个陌生者
在过去，此刻，未来
我贪恋少许快乐

可是，我仍愿意致敬
美好的人，如你
——愿美好常在，好运常来
——愿春天的第一枝花
开在你悄然微笑的脸庞
和荡起湖水的内心

我在这个黑夜，此时此刻
一路狂奔

那片高地

去年以来
已是第三次去那片高地
一大群人起得很早
只送一个人
车在城里绕盘旋路转三圈
然后缓慢地驶过一片乡村原野
一片野树林
那高地俯视着人间
许多人都曾去过
那时没人笑
小心翼翼耐人寻味
有人放声悲哭不已
不大功夫就把一位亲人或朋友
埋进深深黄土里
再堆一高高土丘
钻进车匆匆返回时
发现没人留下来再陪那个人
只剩高地上的土丘
就那样一个挨着一个

那些重新相逢的人不会寂寞吧
互相走动说一说往事也有可能吧
想到这儿我忍不住偷偷笑了
那片高地
高过人一生头顶的地方
在车拐弯一阵扑鼻的沙枣花香里
被丢在脑后了

对 视

风,吹过墓园
朋友不再说话了
深深的　安眠在地下
地上的人,也不再说什么了
暂坐,灵魂对着灵魂

有比一万年更久的沉默

所有墓碑上刀刻的名字
终将被风擦拭得干干净净

湖水亲吻的瞬间

湖水一下一下亲吻着堤岸
从清晨开始
看不见它的唇
只是伴随着声响
春天也更加生动
我不愿久久离开
沿着湖水走很远的路
那路上还走着另一个人
她也这样迷恋着湖水
因为湖是蓝的　也是绿的
甚至是血红的
不知道把什么颜色用在黄昏
这和忧伤有没有关系
湖上有几只水鸟，咕咕鸣叫
湖波在微风里拍打着
互相亲吻
看到那么多的吻
闪烁蔚蓝或热烈的吻
人类是不是有一点空洞
走了很久我还是没有学会
那路上的另一个人
她比原来更加羞涩
春天的美色把山河都染透

湖水只是清澈的眼睛
我向湖里成双的水鸟扔石头
它们依然平静,并不恐惧飞走
湖水却更响地拍打着
一下一下发出巨大的接吻声

在湖边行走或想象

沿着湖边的石子小路
走了很久
眼睛始终不够用
好看的风景
让身体微微出汗
这样的春天
不仅需要适合长途跋涉的脚步
也要一颗容易感动的内心
否则，怎么对得起与你同行
这些日子以来闲散着的早晨和黄昏

让我们就这样走掉
竟毫不可惜，拍的那么多照片
那些湖水也懂得情意
成双的水鸟浮在远处，成了背景
就连大树都是拥抱的姿势
不知是要竭力拥抱湖和草滩
还是只拥抱天空的虚无
可你只说它们长的时间太久
望着仍然纷披的枝叶
你从未有太多话语

在湖边行走的早晨
只愿变成两只傻乎乎的水鸟
一直这样把时光挥霍掉
或者拍拍翅膀
在天空　草地和湖上飞成春天惬意的风景

元夕夜小记

当红酒斟好,莲花绽开
这是一个月圆的夜晚

剥两颗花生,听炮声鸣响
远远近近,那追着欢乐的人群
把一座小小的城
闹腾出春天的气象

打过的牛,腾起的龙
还有一盏盏红灯
如此贴近,在仰望的高处
在内心深处
耕耘,点燃,感动
老人和孩子们,真难得
沾上了喜庆的点点红色
欢声笑语,透亮地
溅向一棵棵火树银花

而离月亮最近最亮的那一盏灯
只能是
人间最洁净最寂静的莲花灯
我杯中的酒
只能是热血般滚烫的
唯——颗欲醉未醉的
小小灵魂

雪天,偶然穿过一片树林

下雪时,树哗啦啦
不知这为什么

穿过林间的空地
听见自己的呼吸
竟然与一棵树呼应

驻足
仰望雪里动摇的树梢

每一个冬天
都在雪里
站了好多时光

耳朵、脖子有些冷
手指头有些疼

那些树
在风雪里
发出走路的响声

独药师

他在人间行走
揣一把刀子

他收集灵魂，把美的善的
与春天的花朵摆在一起
把马匹和星辰
放牧在沾着露水的草地上
他喜欢一个人
倾听黎明时的鸟鸣
那一声一声
当然也唤醒了无数睡梦中的人

他喜欢药，在夜晚
一个人研究秘方
那些古老的汉字
被一粒粒揉碎
他把取自河流源头的活水
装进九十九只纯净的瓶子
时刻想着，要走在更黑些的地方
他怕，看不见
那些正捂着伤口
在角落里残喘的灵魂

太阳光总有照不到的地方
那怀着仇恨的人
把欲望点成火焰的人
那胸膛里不是美酒
而是藏匿着的硫酸和罪恶
那都是他不能丢掉的孩子
他要——为他们把脉
用苦苦的药水
擦拭那布满脓疮的心

他要看见
必须看见
多少人捂着眼睛
多少人行尸走肉
他无法抛下
一次次奔走在疾病的现场

他治一种疑难大病
——灵魂
人们说：一个菩萨
人间就是他上班的医院
他把阳光和爱提炼的诗句
念给丢了的灵魂倾听

很小很小的生活

每天向太阳问好,沿着水渠
到它的上游
方圆不过三四公里
这一年,我没有走出既定的界限

从家里出发,常常穿过一片树林
在那图书馆里,一待一天
你知道我话少
可我说了那么多
谁又能听到
与我对话者,散落在地球上
每一个小角落
有些已经死了
可比活着的人,更加可靠

所以,我很小的生活
穿越了时间和天空
也真没几人知道
我说带着两座金矿
他们听了,以为遇到了病人
一个劲地傻笑

不知谁是真正的傻瓜

我的身体和灵魂里
藏着那么多奇珍异宝
想来，也真没几个人知道

因为，我只拥有很小很小的生活
在一个贫穷的小地方
我本来，也只是一个贫穷的人

苍茫瞬间

日暮。黄昏手指
接近了星辰

苍茫。大音希声
沙漠。已漆黑
如墨
时间,某个缺口的泪
一滴一滴
谁的眼角
亦有汨汨倾泻

星八九颗
人六七个,凝神

对坐
只一小口
茶或酒　血浆似的
苍茫　似凝结了一千年寒凉
压迫在友人微驼的背上

手指
轻触　宇宙
银河

某根神经
柔软了的魂
在四月之末
愈加苍茫起来的夜晚
一点点
与雪,融化

手指,在夜深深里
荡漾

初冬午后

初冬的阳光,怎么那么暖
照着我的脊背
头
身子
有些微微出汗

茶壶里水沸腾
响了好久
煮着的普洱
成血红一片

把头埋在一行诗里
哦,我是在想象里
吃着精神粮草的马

还想,坐电梯下楼去
到广场边儿的那片
空空荡荡的野地上
撒个欢儿

想着

抿了一口

仿佛红酒的

浓茶

午后,怎么那么暖

冬夜散步

渴望走出去的想法
每天都从心底冒出
时间却总反抗着身体
穿好运动鞋,系紧鞋带
包装成一个运动员
从五楼一口气就到城乡交界处
一条干净的马路伸向原野
头顶的星星眨眨眼,像老朋友
打着招呼,听见村里狗吠
一路总有灯火,一路行人
很多城市人,走来走去
逃避劳累,忘掉烦恼
几个熟悉的行者交谈欢笑
几个年少轻狂的男子发出呐喊
让自由伸展天地
一片清静扩大到心灵的旷野
来了,就深深呼吸一口新鲜空气
看一眼城市灯火
有一个巢,有一个人在那儿等我
拍一拍翅膀,像一只鸟儿
欢快地飞向那高高的楼上去
冬夜散步,月亮结伴,灯下写诗

瓷　器

那是多么精美的一件瓷器
一失手
留下了一地触目惊人的碎片

像我一个年仅三十岁的朋友
朴实、善良、美好
一场车祸
就再也见不到他了

那闪着光亮,绣着岁月痕迹的瓷器啊
那装饰了乏味生活的美丽花朵啊
在不经意时用沾着鲜血的嘴巴说出：
生命,也就是脆弱

春天醒来

学习一只小小昆虫
冬天里睡去
在春天的早上醒来

微微疼痛的眼
又一次瞩望了祖国的旷野远山
我欢跳的心又一次
倾听了小溪、微风

是真的死了一回吧
那就这样悄悄地死去活来
哎呀,我又蜕了一层皮
这是又长大了一岁呵

挣扎着走一次远路吧
那里有我的亲人、朋友
让我端起阳光的酒杯
和曾受过苦难的人
一起在春天醒来
说出对生命的承诺和热爱

我的心为什么冷了

正是春天
我的心却一点一点冷了
它的冷像一块洁净的冰
我的身体不停发抖，牙齿咯咯作响
我把自己冻坏了
我找不到春暖花开的温度了

原来它不是这样的
即使在大雪纷飞的冬天
它也会像火炉上一壶滚烫的水
发出动听的声音
让一座雪后的屋子
充满欢笑，温暖如春

不知什么时候
它真的一点一点冷了
它让整个开花的春天也冷
我记得这是四十岁的春天
我怎么也找不到激情
找不到家门
我成了个丢失魂魄的人
我成了一个空空的空空的空壳
尽管往来熟人还叫我姓名
我却已不是那个热血沸腾的人

寂静的春天

寂静的春天，寂静的早晨
听你说话，声音背后是海浪
汹涌而来，拍打着
一次又一次

你是遥远的
声音，却如此近

你在海边吗
阳光照亮的大海我看不到
而你的声音背后
海一次又一次
拍打而来

这个早晨
听你说话
北方的春天
越来越深
越来越，寂静

致友人

啊,朋友
此刻我在暮色中想你
不是孤独,因为祝福

那红酒般的灵魂
那如血的芳馨
那依次闪烁的星子
起伏的群山
这是你喜欢的

啊,朋友
这一切现在都没有
我只是想你
用包扎着伤口的手指
给你写诗

在这个初冬的黄昏
空气中流淌着一句又一句的
都是祝福啊,祝福

敦　时

煌　间

DUNHUANG

TIME

卷二

时间注定是一片大海,也是一座隆起的陆地

当我从西域走来

踏上良渚的岛屿,每一座岛都不再是孤岛

每一个人,都开始相遇

夜晚读诗

在兰州,一家宾馆
翻看一本诗集

先生的照片——
微扬着头,眼睛明亮
思想的额头明亮
想他,曾相对坐的那早年夜晚
谆谆教我写诗秘诀

在兰州,我还可能去纸中城邦
消磨一个早上
或在黄河边散步
流水哗哗,也像一页诗书

而此刻,我看到这样一句
——想看到自己睡着的样子
这个人,有点陌生,有点熟悉

是不是在兰州,这个夜晚
在黄河边上
我看到黄色封面的书皮
——《晚安》
我很听话地合上书页
闭上眼,却又止不住想起先生

西湖老街

黄昏时,吃一碗老马牛肉面
一个人穿过
时光斑驳的街

店铺　很多
挂羊肉　宰活鸡　油散子　人参果……
在吃食中穿行
有点孤单
戴白帽的穆斯林男子
守着岁月的码头
行人东张西望

一条条游鱼
在黑白照片中
吐着　遥远气泡

历史在民间僻静处　活着
剪纸中的祝福
红红灯笼
挂在夜幕
接近了星辰,刀似的弯月

尘埃,并未散去

空气中弥漫着岁月余味
自东向西穿过
要一瓶
上世纪酿的老酒
隐约中看见隆起的中山桥
过渡到了对岸的白塔山下

黄河流淌
一座城
几百年了

左顾右盼的行人
脚下仍微微震撼

寻河记

夜晚,从地铁里疲惫走出
带着天空的几颗星和雪花
汇入车流和人群

很快迷失了自己
想到黄河穿城而过
想到羊在月光下穿城而过
调转方向
开始寻找
这一条伟大的河流

走过的路径
都认不清找不到了
楼群越来越高
围绕着光线绕着的几座立交桥
将我拉入线团
绕桥三匝　又绕城三匝
再也走不出来
却依旧没有听见涛声

无奈登上高高的立交桥
桥下五色的车流穿城而过
想必我早已失去耐心

误认为看到了这是灯火中漩涡的黄河
其实,它在另一个方向
安静流着
并不在意
丢失我这样在城里心猿意马
又焦躁不安寻找河流的人

谁能帮忙把我拉出线团呢
谁能快快来
在这光线里待得太久
我走不出来

街头偶见

从宾馆里出来
见五六个红袍僧人
从街上走过
灿烂的阳光顷刻泻下
恍惚间,以为不远处
有一座光亮的圣殿

粗粗壮壮健康的僧人
温和有力、从容安详
好像没有任何烦恼
阳光也把他们紧紧跟上
我听到平静心跳
缓慢呼吸
而他们在街市,也似乎
在尘世小走了一趟

仅仅几分钟
他们穿过了红绿灯
拐了个弯,消失在高楼之中
我还呆呆站着
似乎目送几朵意外的祥云
来自甘南,或西宁
又云游到了
内心的另一个远方

这车轮,这吻和丝绸之路

轻轻地吻,吻着黄沙、戈壁
轻轻地吻这荒凉的地球
车轮
在欧亚大陆上
在火焰和零下二十度的大雪里
一次又一次,带着初恋般的狂热
颠簸,激动,迷途

轻轻地吻,这车轮
追赶消失中的地平线
一根又一根丝线
绕在了车轮上
一个又一个晨昏
星星和月亮
只是丝线上的小璎珞

轻轻地吻,这条路
血脉和历史里的
不是脚印,不是叹息和泪水
马嘴唇触及盛开着紫花的苜蓿
爱,一下一下试探、沉醉
是不止一次的拥抱相遇

轻轻地吻,当春风
在玉门关西边唤醒湖泊
一个劲地,死命地吻
这挂在大敦煌脖子上的
——唯一
让地球闪烁彩虹
绵长无匹的丝绸之路

天上流的河

在天上流的河
正在流
我深陷城中
一步步向低处

三个人沿河走
白衣少女，黑衣汉子
跟着波涛
红袍僧人往往停住了脚

那波涛与千年前没有两样
磅礴　辽阔
几只水鸟
翻飞写诗
它们急切地俯冲
我不敢相信
那里会有另一个天空
那里是不是一个深渊

我羡慕的那一只
很久潜在波涛下
它飞起来的时候
天空的云都倾斜了

一个秋天倾斜的怀抱
一群鸟儿弧线般飞过

世界一半金黄一半蔚蓝
正从白天　坠入星空和黑夜

在天上流的河
穿过一座城
我也穿过一座城
不是三个人，一城的人
血管里发出
刀子磨在石头上
低沉的轰响

旅途上

在他乡，日暮时分
投宿一家小小旅店
干净，靠近河边
可以看到树和渐次升起的星星

一个人
到河边走上很久
万家灯火
淹没了人间的城
他们都在说话，吃饭
也在相爱，凝视吗
在一家小饭馆
我会喝上一杯
会想起什么
发一会儿呆

夜深时回到旅店
睡不着，就看一会儿诗
喝茶
我想，明早如不赶路
我还会去河边
还会喝一杯酒
一个人喝茶

看诗,默想

——这旅途中短暂的小憩
让我成为一只梳理羽毛的
鸟儿
让我紧靠人世　透过明净的窗
看到人来人往　没有忧伤
人间,只有这一丝丝温暖

旅行记

计划在九月,或十月
天尚未冷
去一趟不远的古城阆中

坐火车,从此城出发
四小时的风景
几度移动的青山
早晨,抑或黄昏
我和你
也可能
几个要好的朋友

在车厢里,面对面
摇晃的光与影中
多少年,时光如窗外大河
愈来愈远,小小脸庞
依然如此年轻
慢慢说着话
微笑,没有到达目的地前
都不提十多年来
各自的际遇人生
其中过往,此刻
都可一闪而过

愈来愈远,隐身已逝岁月
不论多漫长,多寂寞
似都不必,去说

在路上
依然还是过客
记忆中几十年只一瞬间
不必到达
彼此微笑
只享受着
这旅途缓慢远行的过程
我和你
也可能还有几个好友

阆中行

在夜晚到来的人
有你,我,他们
黑夜中点亮的空中楼阁
坐落在云朵和宋朝边上

嘉陵江缓慢地伸长臂膀
把一座古城紧紧搂抱

一个夜晚都走在小巷里
几个大人和一个小孩形影不离
红灯笼高挂,屋顶上开出了花
你的笑,凉凉微风
一块薄荷糖,很甜

霜降日,从阁楼醒来的早上
池中红鲤比江水还缓慢
继续街巷中的漫游穿行　左顾右盼
尖尖的牙签喂我一只辣味炒蝉
在江边喝酒,佐张飞牛肉
重阳节登高,给远方打个电话

阆中行,今生这一回修行
走在一级级向上的台阶

我的背包沉甸甸
火车从青山绿水中拐弯离开
几个人都把头伸向阆中的城
偏过去久久地看

你的表情单纯灿烂
看到照片上那个门里
站着最善良的你
我眼里噙满苍茫

敦煌

良渚岛

时间注定是一片大海,也是一座隆起的陆地
当我从西域走来
踏上良渚的岛屿,每一座岛都不再是孤岛
每一个人,都开始相遇

在一行书法里,一块玉中
我们是结伴而行的翅膀
五千年的时间
在稻米、玉琮、白莲中结晶的中国
是漫长的拥抱
是沙漠与海水喋喋不休的爱情
在黑暗的最深处久久珍藏
把一个汉一个唐冷冻起来
把月亮和星辰冷冻起来
而热血,沿着柔韧绵长的思绪
跌宕起伏,澎湃击打
在手指里起伏流淌
石头,碗,鼓
惊天动地的音乐
大风一般传遍了每一座山
血脉般流进每一条河流

我从沙漠而来

骑骆驼沿丝绸之路而来
我的白鸟呢，我的江南
我的良渚岛　并不是一座孤岛
踩着一级级向上的台阶　在时间里行走
也是一株稻米　怀抱芳香
也是一朵莲花　独自洁白

每一个人，都不是一座孤岛
我的良渚岛，在海水里
又一次怒放，在江南
红鲤摇曳浅底
船只来来往往
一颗昼夜旋转的地球
是永不坠落的信仰

在五千年里，在未来的五千年里
当我们再一次在善意里相遇
看见无垠的天空中
写满了龙飞凤舞的象形文字
一个人又一个人
长出翅膀
拍打着蔚蓝时间　远走高飞
横渡苍茫

饮酒记

王维在春风里
执酒杯
柔情的柳树枝条
打他脸上

坐在石像前
摆弄姿势
我照了几张相

那时,你说你要走
到地球另一边的国度
你说你来过这个阳关道
可到那边,是否就走独木桥?
说了好多话
好多话
可没有说这一句———
劝君更尽一杯酒
西出阳关无故人

你说,在别人的国度里
要重读唐诗,彼时
我正读加里·斯奈德①诗选
他说:喜欢中国的王维、寒山、苏轼

他也喜欢我喜欢的庞德

你真的去了那么远的地方
这一天
我一个人
喝了一场酒
不是与那个已成石头的王维
站在黑夜里让夜风阵阵吹
很久，都回不到
五楼高处的家里

太阳升起来的时候
我问你：早安
我不知道这是经验之外的时间
你说：这儿正是黑夜
在彼岸，你将进入梦乡
一切，一切的一切
都会在梦之外

我看到一句诗———
把你所有的书丢到一边②

忽然想起
你说：每个人都是一座孤岛
而此刻，地球正被大海包围
那一波波的巨大潮汐
在这个早上
扑打到了我的眼眶

在晕眩与光芒之中
我掉在地上
烂醉如泥,却内心芬芳

注:①加里·斯奈德20世纪60年代末已经成为"美国新文化的英雄",1975年曾获普利策诗歌奖。

②加里·斯奈德诗歌《瓦列霍图书馆》中最后一句。

暂　别

桌上放着葡萄，枣子，苹果
我泡了一杯黑茶
十月，加上一件外套
才可以安静坐下来看书

久无相聚，也不饮酒
热闹过的夏天过得真快
如今树上碎绿叶子渐黄渐红
早上阳光也有了凉意

想必南方天气尚好
你在那里是否心静如水
那是你的故乡
当一本书一样也需再翻开几页

年迈的父母还好吧
你是否熬着中药
在火车穿过岁月的响声里
写一部没有彼岸的小说

我在沙漠荒芜之地
书架上摆着《我以为莲》
《在敦煌》《再敦煌》

《魅惑敦煌》，都是你的模样

似乎你还在秋风塞北
彼此温暖过的小酒馆
还在我每天必经的路旁
走过时就想起你

多少次醉了，把心掏出来
多少次把灵魂点燃
在茫茫黑夜里
你洞见人世的眼睛也是苍茫

移坐在客厅沙发上
写下这首《暂别》的诗
不知你什么时候回来
真的，想，喝酒了

在乡间，兼致美国友人

我常在乡间
采野菜，写诗，陪伴年迈父母
去村头小商店，买酒

我拍下暮色中的乡村
家门口红色对联
鸽子，羊群，还有几个放学的孩子
连同母亲白发，今天嫩绿的早餐
用微信——
发给远方的朋友

夜晚，风声很响
有时却安静得只有狗吠声
在灯下
看书，又写诗
喝一口酒
想一想美国，是个多么遥远的地方

何如我名叫三号桥的小小乡村
在星光和月色里
打着呼噜
我可以无忧无虑
做一个并不荒唐的好梦

西域晨记

太阳还没出来
河流已经很远
一颗启明星
西域愈加空旷
没有马　沙粒滚落
怀着空白之心
阅读一片蛮荒的诗章

车辙总是来，去
从一些杂乱的乌云深处
历史，那些早年遗址
是另一种活着
阳关，还有玉门关
站了那么久
遥望，或致意

李白的诗尚还滚烫
天山并不遥远
一列火车
群山揽进拐弯的怀抱
弯下腰去　捡拾虚无
系紧鞋带　风吹脸庞
深重的苦难

是大地说出的苦难
内心莫大的满足
是湖泊蔚蓝的满足

时间的刀
割破了天边的鱼肚白
当天空也因此
献出晴好岁月
我知道真正的天下大定
乃是这千金一刻
我内心的大定
乃是这千年之后
一个早晨展露出的——

普照人间的慈悲
普度万物的容颜

沙漠中的花园

曾写下：沙漠中的花园
我说：空中的花园，唐朝的花园

从壁画中，打开栅栏
从月光里，找回春天

牵一匹夜来香的白马
深深的分别与相遇之后
取出了刺、玫瑰和光亮

在河的两岸，种下万亩荷花
捡拾星辰，花雨就是几个灵魂知己

提着竹篮子
漫步在古老绿洲和漫漫沙漠

夜色里拾阶而上的时间
像历史的一双捏住的美手

一群翩翩起舞的少女
在莫高窟的墙壁上，疾行

被惊讶的我，脱口唤出
——反弹琵琶的伎乐，飞天姐姐

敦　时

煌　间

DUNHUANG
TIME

卷四

沙粒从手指里不停漏下去

漏成时光,漏成沙漠的海

我眼底里轻微的疼

是不是因为细小的思念

魏晋墓

乘车
到城外旷远之地
一片绿的防风林带
护佑裸露的戈壁滩

导游带我们
进入了深深地下
于是,魏晋的马上男子
给我们带来信
可画像砖上的信使没有嘴巴
仿佛突然闯进的现代人
找不到说话的由头
那封信,丢了几页
宰牛的人,烤肉的人,还有花开
皆无文字,寥寥几笔
这个魏晋
活在6号墓,7号墓
还有更多在沙堆下的墓里

深深的地下太凉太冷
那画中人提着鲜血,脸上掉下尘埃
不要久留,从墓道中拾阶而上
回到阳光的戈壁滩上

风徐徐吹,看,天空真如海
浪花在云朵边散开
霍俊明和王若冰在远处捡石头
林莽和林染二老在凉亭下聊天
之后,我们从地下和地上
起身,拍拍屁股
一个一个
回到轰响着的旅游大巴车上
像一捧沙子
回到了捏紧的手心里

黑山石刻

曾经有过一次冒险的经历
在黑山,被一群动物围攻
鹰俯冲下来
老虎悠闲地散步
还有大象、蛇
牛、羊、马
它们似乎和睦相处

我希望这是真的
我也能够加入
可惜它们已在岩石上旅行千年
只能从人们记忆深处突然窜出
提醒着我们
它们早已远离人们而去……

嘉峪关

背景是祁连雪山
深远的云
冷冻了一万吨牛奶
绿水流下
马群散开
夏天的冰川
有跋涉者渡河远去

湖泊连着湖泊
胡杨树林和芦苇里
藏着鸟蛋
也有鸟儿飞出
天空荡起云的波纹

一座城
在戈壁上悄然生长
楼群的枝头,在夜晚闪烁星辰
而六百年前的古老关城
燕子鸣叫着相思

红柳花开了
一批游人从大巴车下来
踩着拾阶而上的历史
到明代的边关

一首边塞诗
在诗人城垛般蔓延的想象里
长出闪电

在丝绸之路上

在丝绸之路上
我走了三十三遍
出去,回来
背着行囊和云彩

我看惯了蓝的天色和黄的
沙尘
风把我的脸打了几下
又打了几下
我习惯了一种隐隐的疼

在丝绸之路上
懂得什么是遥远 沧桑
手心里
捏紧几粒沙
可最终什么也捏不住

就顺手写几句诗吧
就对着天空撕破嗓子
吼几声吧
在丝绸之路上

我常能做的事

我常能做的事
只是在西北

沙漠就在这里
戈壁也在这里
胡杨红柳们在这里
通常,以风景的样子
被你所知

这样的早晨
或黄昏
会不会与别处
有什么不同
而我坐在河水边
一条名叫疏勒河的河水边
也会有一脸
莫名的悲伤

像一个人的宿命
能做的，只能做的事
就是在西北
走走，停停或看一看天空
而不是
离开

八匹马在草原上

看见了一匹，两匹
数一数是八匹马
在草原上
吃草

无法说美，无法说不美
为什么是八匹
各怀心思
又混搭在一起

我只喜欢那匹黑的
长头发的
白的，枣红的
我不喜欢
其他模棱两可的

混淆在一处的八匹马
多么滑稽　是要做爱
是要决斗　是要一马当先
八马奔腾
长长嘶鸣
当八匹马相遇时刻
已真正迷失

不敢乱说乱动

背着重负和梦的八匹马
也似背着八匹空空的躯壳
或虚名
乖乖的　亦步亦趋
一个看不见的伯乐
捏了捏马屁股
拍了拍马脸
马们静悄悄的
像坐在课堂上听讲

八匹马相遇的时刻
八匹马　一匹一匹的
已被它们自己
拴住

自由的地方

可以变作鸟儿
也可以变作鱼儿
可以是云
是马
是风
是风中沙粒
落入
湖泊的眼睛

在这么辽阔的地方
在沙漠，戈壁，绿洲
都可以相处的地方
有什么不可以呢
只要你愿意
在长长的河西走廊
你就是自由的

自由，不需要买卖
在这么个不用花钱的地方
阳光，水，空气
雨水，花开都是你的
而烦恼，痛苦
在风吹里
的确多余

荒芜之地

一片荒芜之地
冬天恰将在此露宿

一个气喘吁吁趔趄的时代
潦草的瞬间
与偏僻的不毛之地相遇
相当于无言与寂寞相遇
来看看荒芜
从这里走上很久
相信几百公里的荒芜
在夜晚，就是月亮
照在银河　宇宙
一道手电白光

荒芜到无名无际
阳光和雪粒
带着造访的惊喜

没有一棵草
也不知深埋的
是哪一座遥远的城

火车穿过的荒芜之地

车窗上的脸
映出破碎的震撼
一个时代抽象的表情
荒芜复制了荒芜
　而我，吐出了肺腑
空出了一颗
早已苍白的心

怀　想

背着一袋子书——
一袋子欲飞的翅膀

丝绸之路上——
我是今世一只蚂蚁

马蹄或车辙的远方
捡一枚古币一枝冰草

沙漠涌荡起时光和大海
一条路是漫长的丝绸

寻找灵魂的旅途无限寂寥
似乎应合了古人爱干的傻事

背着一腔子热血和空空躯壳
在这厚重天空下一次次出走

要做你永远的白脸书生
这路上处处是设定的遥远距离

金塔之忆

两年前的一个夜晚
大雪在黑河边静静地下
二十出头的我们
可着嗓子喊着喝倒了八瓶青稞酒
第二天早晨黑河的冰结得很厚
班车穿过鼎新的村子时狗叫了几声
我们的脚冻得发麻　可心里热乎
金塔一闪而过
像一个金子做的青稞酒瓶
把那个早晨照得发亮

今天的金塔依然酒瓶子般发亮吧
不知怎么，我那位小学教书的朋友
在我的怀念里
沉甸甸起来……

风中瓜州

好像天上落着沙子
还刮着风
一个天气闷热的中午
车过只有一条街的瓜州小城
卖西瓜的农民一路吆喝
休息的当儿杀一只黑皮大个头的
甜蜜立刻流淌到指尖
风里人都行色匆匆
是不是都钻进鸽笼一样的楼群中去了

车到敦煌时我才发现
头发很乱　脸上有几粒沙
不小心舔了舔嘴唇
那感觉依然很甜

渺小的浇花人

我常常用一小壶水
浇花,不论冬夏
也不分晨昏
兴之所至
书房里几盆绿色花
亦媚亦美
如果我忘了半个月
几片枯萎的叶子
就提醒我

可是有一次
大雨倾盆
暴雨与雷电轰响在瓦蓝的夏天
整整一天一夜
这是一个多么豪爽的人呵
他提着那该是多么大的水壶
把原野上所有的花,不
还有草,树
全浇了个透
甚至旱极已久的沙漠
也在美美地呼吸

我是渺小的人呵

仅仅浇花
就让我看出
我与那个
用暴雨浇着所有绿洲上的花的男人
有多么大的区别

在沙漠上的时光

热爱这夏天的沙漠
黄金沙粒
把蓝天衬得更蓝　白云在不远处
深情望它

阳光的早晨，我们靠近
像攀登一座山那样
在人群里无从寻找的脚印
竟在这里歪歪斜斜深深浅浅
这像是一个周末
我们都无所事事
风一吹，心里安静
烦恼慢慢丢掉　快乐回来
从一座沙漠的山走向另一座沙漠的山
有时它真像一个可亲的女性
那抒情柔和的感触
在内心里什么地方
突然就涌向沙漠额头的细纹
过渡的细微声音
我为之着迷

静静地坐在沙漠的早晨
或悄悄躺在沙漠的黄昏

天空巨大犹如一只地球的眼
风吹过来，穿过身体
沙粒从手指里不停漏下去
漏成时光，漏成沙漠的海
我眼底里轻微的疼
是不是因为细小的思念

绿洲速写

绿洲安静,沙漠安静
我安静,一只蚂蚁安静

白杨树那么高,仰头
见一只鹰飞得更高
飞到了蔚蓝天际
白云涌起朵朵浪花

一渠清水,欢欢快快
向北流去
我扛一把铁锹
向上游走去

一大片灿烂的葵花地
星群一样
在一匹黑骏马的眸子里　旋转
昼夜
巨大温差
刮起一场沙尘的热风

天　鹅

离青海近的湖泊
蔚蓝平静
时光一点一点
闪烁

初春时，融雪
化了
那洗浴的脸
和心
佛的眼睛
清凉，动人

看见了，天鹅
八只天鹅
舟子一样游弋
天空和水
同时，惊呆了

天鹅
出众的仪态
宁静，圣洁
这一种出场
不染俗尘的大自然

拉开帷幕的舞台
不,悄悄布置的课堂

让天鹅举着长长的脖颈
让天鹅在高原的水上
缓缓低语
几个灵魂的词语
——高贵、无瑕、隐逸

让人类,坐在凳子上
听这一堂免费的
灵魂课

一课结束,紧抓住这几个词语
不再,一脚踩空
堕落下去

高原夜语

兄弟,我们沉默
这么高的高原上
头颅,有些沧桑

走过的路,远啊
丢得远远的
看看,飘扬成了多少个远方

说不清的,碗大星星……
还有,玉石月亮……
火焰早晨,灰烬夜晚

那些燃烧过的
那些,抹不去的
一滴一滴,喉咙里滚烫

兄弟,再干一杯
高原上活命
只带两样:血,酒

身体里一直流着
血液和酒浆,这两条河
滔滔,滚滚

石头一样滚动
雷霆一样回荡
澎湃,苍茫……

沙尘暴

在林场种过树
返回，路过一座水库
十几个人下车看蓝的水，远的山
内心混沌　复杂情绪
脸上粘着沙粒，再上车
车向城市开，天空黄了
车在一团风声里呜呜
玻璃窗外什么也看不清楚
下午两点
一个拐弯
突然进入黄昏后的黑夜
车捂着眼睛奔跑
一车人抱着慌张
没有一颗星星照亮

德令哈

夜晚住过两次的地方
今生路过几回的地方

青稞散发醉人的芳香
白杨树,一棵,两棵
远处,还有零散几棵
在车窗外的月光雪地上
一闪而过

寂静无限,大野无垠
那么远,仿佛黑夜边缘

看见一匹马,梦一样
在夜晚石头的草坡上

伫望着一切,唯一的马
也被一切的一切伫望……

一只蚂蚁生活小记

这个地区,沙漠可见
起伏的早晨,遥远的黄昏
蚂蚁般的人,在古道上走
听见叮咚的驼铃声,听见咕咚的泉水,
听见马嚼苜蓿草,听见火焰树上燃烧

星空巨大,一夜旋转
夜鸟飞翔,鸣叫如水
村外狗吠,不时传来
不远处
一颗心怦怦跳
是父亲,母亲
还是妻子
走近了才知
是我二十岁的大女儿

蚂蚁般的人,习惯了这个地区,鞋子也是,
脸上汗水也是,吃的葡萄也是,喝的酒也是

蚂蚁般的人,在一座圣殿之外
月亮,佛,菩提树
都是画中的风景
佛经上的水和字

是梅花绽开
清香淡远

蚂蚁般的人，陷入深深俗世
在痛苦里，不能自拔
每天东奔西跑，不过是
为一家蚂蚁们简单的生计
为一些非分之想
常常在大白天丢了自己

敦　煌

堆积的美，善和经卷
在早晨，也堆积阳光

堆积脸庞
时间，具有刻刀锋芒

辽阔沙漠
沙粒跌落，马蹄渐远

怀想，只有怀想
一缕流云穿着金边的衣裳

月牙泉

深，深情，深远
深到灵魂里
夜晚的黑里
许多个瞬间
频频回眸的男人
何止我一个

天下那么大
为何被丢了
在沙漠里
千年　万年
都不染尘
蓝到骨子里
干净　纯洁

那些脚
从都市里来
绕一圈
没留下异味
却带走了
沙的清爽
水的清凉

秋来了
胡杨树照镜子
星星照镜子
而一把亮亮的镰刀
割着胡荏般的芦苇
无忧　无愁　无惧

最好一场雪
山白头　水更悠
月牙泉
朦胧成一首诗
一幅画
挂在敦煌巨大的客厅里
迎接着
天南地北的俗人
洗着几颗
落满尘埃的凡心

阳关即景

阳关的夜晚是漆黑的
但这就像历史一样,悠远处
传来一声歌吟
谁用力拉开一道天空的幕布
光亮铺天盖地而来

这是活的丝绸之路
这么多人,哟,这么多人
……
我宁肯相信这不是一场演出
这是光明
替烟云之阳关
揭开了黑的厚厚盖头

玉门关

当说到玉门关,看到的
只是一堆废墟
无春风　亦无明月
也没有见一匹驮着乡愁的马

昨是而今非
玉门关,一个空空的壳
它也可能并不是玉门关
它从内到外都风干了
它也不是一列火车
也找不见铁轨和驿站
也不能通往那个远处的
伟大唐朝了

只有一个小洞可以钻过去
那个洞
常常钻出钻进的是一群羊
不远北边疏勒河的草滩上
大片跌宕起伏的芦苇
羊们隐身其中
一只也找不见

它们是否恍惚

一再隐身于历史
一次次在日暮中从洞里返回
一只只胖了

牧羊人甩着响鞭
估算着
一定可以卖个好价钱
这牧羊人，原来就是
有名的苏武
他今天反穿上羊皮时
就没有几个人
可以认识
那头上盘着的尖尖的角

阳关的风

早晨我们来到阳关
风是不是已来了一千年
吹啊,这满含着沙粒的胡言乱语
把我们拉进已逝的古代

风是这儿的常客
常常从早晨从夜晚走过
仿佛一条时光的河流
围绕着一座城仅剩的角墩

现在它驱赶着一万颗细沙
像为沙尘暴的诗集写下名字
青青的芦苇迎风浩荡
红柳开花燃烧一片火焰

吹啊,把举杯的王维吹醒
把来自远方城市的诗人吹醒
这野天野地莽莽荒原
高高地被举在早晨的头顶

一万年一千年地吹
把丝绸之路所有的丝绸吹响
把大汉的旗帜大唐的歌梦

都吹得片甲不留

吹啊,吹着今天静静思想的马
吹着背着空空行囊的那个旅人
直吹进我深深的内心
吹醒我生命里的那片湖泊

在敦煌

你知，暮色会与沙漠
连在一起
星空巨大到天之外
天籁的响声
与飞机一同降临

这么小，小小的怀抱
比绿洲大不了多少，但飞鸟
似乎，永远有一个高的庙堂
而我微微发汗的额头
和赶骆驼的人
多年来没有两样
我要走很远的路
阳关也要走很远的路
这样，在千年之后
才有一次真正的相遇

多数时候，和家人一起
和朋友喝如血的葡萄酒
很久都不去莫高窟
其实，佛在心里

不只在山上的洞里

在一棵树、一朵花或别处

神奇的佛手

在初夏,把净水或善意

变成了一场最及时的细雨

敦煌小诗

在敦煌,诗歌
恰好是另一个庙堂
适合我在早晨或傍晚
安静下来坐坐

我知道这里的光
一直亮着
知道我不过是一个空壳
疲惫而苍茫
灵魂的那些美好
有时很近
有时又很远
此刻它却把我悄悄充满了
我眼里漾起泪水
像天空缀满这么多星辰
像阳关在王维的酒杯子里
一直散发着友人的味儿

其实敦煌还在唐朝
李白们在有月的夜晚
常常回来
推开那红柳的柴门
在这唐朝的后院里

我们用两颗心，对坐良久
一个早晨
为另一场意外相遇
铺垫一条干净的小路
一列火车
在沙漠里拐了个大弯
绕过这一首刚刚写就的诗歌
蜿蜒黄河
与更加苍茫的西域

敦煌时间

三危山顶　看日出
血液汹涌在我周身
那一道光　闪电的刀子
切开了黑夜　流淌
一千零一个
新鲜黎明

乐僔在沙漠里行走
小小的头颅　唯一的闪动
尔后，佛光普照
广大的光芒
充满天地　和无限内心

打开洞窟的手
画画的手
合十的手
舞蹈的　膜拜的　说法的手
状如兰花　在一束光里
人间的好孩子　皆步步生莲

一盏灯还有另一盏灯
点在菩提高处　一万年
或一瞬间　屏息宁神

佛　菩萨　与人和睦相处
仙乐与五谷　百姓与牛羊
大地上长出独有美景

风吹动　人世的念头　纷拥
一只飞天捎去加急书信
而湖泊不远　西湖、南湖含泪
让无边的净水压住风暴
让我在疼痛里　懂得忏悔
让敦煌时间　这无边蔚蓝的大海
洗涤人世荒芜的田园
收拾毁坏已久的良心

佛只在一个黑黑的地方

没有说话
佛有母亲的样子
常常在一个黑暗的地方

可她没有觉得黑
她不想,也不像满世界乱走的人
在本来的自在里
她把自己守好

有一次我拜倒
她的脚那么大
像从唐朝一路走来
还沾着尘埃

这失足的孩子
她伸手就扶起来
手指那么美
莲花般的手指头
一朵朵绽开

我脆弱的心
有些疼了

孤独的白杨树

白杨树孤独地守望
在绿洲上
风会让它摇动树梢

但它似乎更喜欢
静静地
站在二十年前的老地方
那么高
我一次次仰起头
呵,如果它一伸手
就抓住此刻踩着一朵云的
小鸟了

可它依然静静站着
是不是有一颗心
让它抱紧自己
是不是每一片叶子
都藏着一句话

而那么多那么多白杨树
每一棵都直直地
直直地站着
这是绿洲上最高的树
然而,即使排成行
长成一大片白杨林子
每一棵
仍是那么孤独

一个人的敦煌

我习惯了敦煌:沙漠的表情
天空的眼睛　还有不断流放的云

我习惯了敦煌:佛住在洞里
足不出户　也不说话
三分微笑　七分庄重
不知夜里
做没做菩提开花的好梦

我习惯了敦煌:飞天还在墙上
像一千年前飞翔,花雨轻盈
可她是活的,一个怀着灵魂的姐姐

我习惯了敦煌:葡萄又熟了
一个游人走着押着韵的阳关道
诗人只好走在没有平仄的独木桥

我习惯了敦煌:大地深处的语言
必须由一个月牙泉的湖泊说出
它的嘴唇是一片锋利枯黄的芦苇

河心小岛

在这里睡了一个早上

我梦见我睡在
一片荷叶中间
或一叶小舟上
阳光把身体都晒透了
微风把脑袋吹清醒了

我好像很累很累
从烦恼和忙碌中解脱出来
在党河河心小岛的躺椅上
我真像一只小蚂蚁
体会到闲散周末的快乐

我睡了很久很久
听见一群孩子玩闹的欢笑声
听见芦苇低低地说话
此刻党河正穿城而过
把一些美好想法和如画风景
都交给我的头颅和眼睛
河流的手指

已经深入到我的内心
沾满尘埃的五脏六腑被清洗了一遍

在小小的岛上
我是个幸福的人
旁边那个垂钓的人
只不过钓着了自己
而我让河水拍醒的灵魂
获得了另一种新生

莫高窟

葡萄在夏天疯长
我粗糙的唇
吮吸乳汁般的水滴
一条河疯长
洗涤着头颅和脸庞

三个香客,背着灵魂
背着一身旧伤

佛此刻打坐,早晨清凉
佛似乎在远方,很多个远方
很多肮脏,一只蚂蚁
此刻是人类的马队
有些漫长

簇拥着一些洞窟
这灵魂散开的孤单花　寂寞果
我还拥抱了飞天妹妹
美原谅了丑
善原谅了恶

夏天的雪山原谅了寒冷
开花的菩提原谅了虚妄
一条河流出
三千白发长

我摸了摸自己
疼痛的心脏
风吹了吹人类
含泪的忧伤

藏经洞

沙一直流泻
沙的瀑布遮住了时间
黑暗在甜蜜中久久孕育
春天从石头上抽出枝叶
阳光的金子
一块一块跌进峡谷
落进我的眼睛

天空与地平线接吻
那一瞬间
光亮从裂缝中突然涌出
电闪雷鸣带着撕扯的疼
吐露出了惊世话语
天堂顷刻挤满了莲花

和尚,早已远去
道士,尚未弄懂

驼背上金黄斑驳的经卷
在朔风劲吹中
沙粒打痛皱巴巴的老脸
依稀驼铃,越来越远

地球的另一边

迸裂之声在黑夜或黎明

一次次涌出

向着群山起伏的高处

世界的每一个远方

翻书的手,相遇的眼

墙壁上持续轰鸣的裂缝

流沙再也掩埋不住

再一次决堤如泪倾注

深渊扩大着裂缝

钝刀在心上割了一千次

中国的一道伤口,延伸到了天涯

撕裂了一百年仍撕裂的时间

在黑夜中又吐出鲜血

一次次撕开的裂缝

像第一次新鲜突然

却不是最后一次

闪电,永远绽放

说出:敦煌……

记忆沿丝绸路的折痕

一步步回到藏经洞的早晨和故乡

豁然坍塌的裂缝

又一次洞开

千万次涌流而出的光里

又牵挂一块一块

破碎的疼,斑驳的痛

雷音寺

鸣沙山怡性　月牙泉洗心
偶尔的一望
把汉唐连同几个朝代
都装进闪烁的快门
挂在了敦煌庭院的南墙

这是一个净地了
沙粒被风吹得好干净
沙粒涌出的皱纹
是一个小和尚的心地
很空很空　没有念头
只有微风的痕迹
把岁月清扫

红漆寺院大门常年敞开
红尘的脚步和车马停下
是要止于一个梦吗
是要轻轻柔柔的双手合十
把一炷心香
点燃在木鱼声里
在晨钟暮鼓的心经里
生命如洗　岁月无声

这个敦煌的灵魂之地呵
竟猜度玄奘是否来过
他的马在沙漠的风里
一点一点破碎幻化成咒语
度活了那个不听话的猴子
还要度一大群恶习难改的猴子
和猴子的子子孙孙

沙漠水库

沙漠里的水库
悬在敦煌的头顶

沙漠里的水库——
夏天最大的冰箱
装着雪山、冰川和牛奶

沙漠里的水库——
神打着灯笼
照耀春天的花瓣和嘴唇

沙漠里的水库——
父亲和母亲
我是今春新植的树苗

在敦煌的夏天

巨大的夏天,一块冰
正慢慢消融

坐在昨天的椅子上
我把天空又看了三遍
树木一夜一夜光着膀子疯长
叶片簇拥的青春
羡慕,只有十八岁

山被风吹成长长的线
飞溅着无数疼痛的沙粒
知道了什么叫思念
走远远的路　身子微微出汗

洞窟埋藏在山的尽头
极目地球前额　苍茫荒芜
在夜晚星群疯长
一颗一颗大如西瓜
佛陀摆开桌子凳子
一把长刀划开银河

我只拥抱着内心
还拥抱陡峭的灵魂
在夏天，抱着巨大的冰块
让时光悄悄地消融

谁为我神

神圣时刻
宁静之海沉淀了人世

在敦煌
早晨或夜晚
像一颗透明的沙粒
从神的脸庞滚落
从神的手指滚落

八百年前或更早时候
早晨或夜晚
也是一粒粒沙
被一双魔力四射的手
清水一般捧起
塑出一尊鲜活神情的向往

今天我迟迟赶来
凡尘杂念随风而去
唯有一颗心又回到家中
回到了生命的沉静之乡

与神同在
双手合十的我
用一生的虔诚
为自己做主

驼　队

惊诧　回首
我看见
一百匹骆驼
最后的一匹
坐着最美的少女

西部村庄

有马走出
风打着响鼻的村庄
比九月伟岸

菊花靠在篱笆深处
灿然的姿容与火焰相连
贴满瓷砖的门口
雪色的鸡
刨着继续飞来的落叶
水塔站在高处
在秋天感到村庄离心最近
我们坐在屋里
头顶上住着金子蔓延的玉米

雪是会来的
就把该收的都收回来
加厚棉衣的老人
要一天清扫几遍院子

白云记

白云游荡,从青海湖边
迟早,一定会游荡到灰灰的人间

一朵那么干净的白云
擦拭蓝天
擦拭湖水
擦拭一颗偶遇的童心

一朵白云
怎么转眼变成一片乌云了
一不小心,就弄脏了脸

谁也没有看见
一朵白云如何走路
有一天成了沾满油渍的黑布
游荡的那朵云
你干净的灵魂呢

一朵白云,在人间消逝了
一朵白云,悄悄地
在我又一次抬起头的几十年后

让天空
哭泣吧
为丢掉人间的一个好孩子
不，好多好多
白云的好孩子
……涕泗滂沱

平安诗

雪山高悬，大地平安
青稞散发出酒的醇香

阳光如血，
在皮肤里潺潺流淌，
在高原上　在马背上
在红脸蛋的少女脸上
微微出汗，那么美

当一年收获，垛在场上
当所有喜悦，灌满内心
从高地上归来的兄长
端起满满大杯的酒

夜晚疲惫了的人
围起一轮初升圆月
祝福——哦，亲人们
今夜一样欢乐
星辰一样美好
大地一样平安

德令哈小记

有雪的地方,是北极
企鹅不会飞

飞机去西藏
雪在喜马拉雅高处晒阳光

近海的地方,雪只是浪花
一个劲在风里翻滚

而冬天我来德令哈
雪,一堆一堆坐在街上

西行记

为什么
西去,沿着一个稀奇古怪的方向
风大,雪狂,山高,路远

不为拜佛,佛不知在哪里
拜自己,却要走这么远
四五个人结伴,
像极了唐僧带几个徒弟
一步步登到海拔三千米
在云朵里,洗洗脸
呼吸急促　口袋里装着
速效救心丸

一路上会遇着妖怪
肯定的,
妖怪会喝酒好女色,说好听的话
不知不觉,你也会
喜欢上他的风趣幽默

那就喜欢上吧
可心里的那只猴子
却抓耳挠腮
比你还要急

他甚至学狼的样子
就要扑过去

快五十岁了
还不明白人间
这一路走来
是多少次的修行
多么需要一双火眼金睛

火眼金睛的
肯定不是人呵
这夜晚围坐在酒肉桌上
谁是人，谁是鬼
已经分不清楚
在篝火照耀里
一个个脸庞金光闪闪
而我看清了的
我没有说出
我欲说出时
众皆醉了
我亦醉了

走 神

冬天去了一趟德令哈
看见白的山　蔚蓝河水

我在河边走了很久
抬头仰望

没有人,也没有鸟
一堆一堆的雪,闪着光

似乎一堆堆白色火焰
燃烧在白天,在黑夜

一个人,一座空荡的城
风在午后的高原阵阵吹过

天边的马

路上的声音
像黑色鬃毛的雨丝　不断
从脸上落下来　那么遥远
风张开潮湿的耳朵
在季节广阔的背上
落下阳光的斑点

雨滴飘进了眸子
点点蹄声
每一滴雨里都有一匹嘶鸣的快马
想象的内外
一片河流决堤的壮阔景象

风没有停
内心的天边
无限苍茫
念念不忘悠悠天地间的长鸣
一匹雪色的马
永远在不可触及的天边
草原上无数的道路
被它——照亮

草原一夜

被一片鲜红的头巾诱惑
视野里草们含着深情
等待我做一个真正的浪人

繁花一朵朵走进泥土的季节
头顶一片蓝天
即刻融化了白云的帐篷
清风不停
吹着曲子的嘴唇在这样的夜晚
留住星星做客
马在胸膛里悲壮地站着
不明白雪在一夜间会遥远了草原
酒是从一只刚宰了的羊喉咙里流出来的
微微温热
注疼我凛冽的心

怎样和一树血脉的草睡去
在秋天的草原上
没有一条河改变我的想法
霜在日落前落满头发
而我一个夜晚
都不想离开

草原上

九月的秋草
又一次碰到马的嘴巴
星星一般的小野花
指出一条通往天堂的路

黄昏如风
吹过湿润的灯火和思念
帐篷下的家园
奶茶飘香的时候
姑娘的笑声和她满身的宝石同时响了

在阿克塞草原上
主人银碗里盛满美酒
唱着动人的歌谣
洁白的哈达飘起来
一起簇拥着祝福远方来的朋友
把我们围绕在至高的位置
最终如亲人般一起烂醉如泥……

羊群走动

山坡移动
从上游到下游
夏天青草长得很慢
羊们走得很远
山的一边
水涨石没　水落石出

羊群走动
好像从梦里到梦外
白天的路一直延伸到山上
夜晚
靠着炊烟卧成石头

绿叶一样走远的羊
有没有枯黄的一天
风雪降临的季节
它们将躲在什么地方
怀念水源和阳光

秋 风

渐渐听着清河
离家不远处
风赶着鸟儿和树叶
要到大雪之前
将一切安置妥贴

牛的背上很凉
每一根毛
都想离开身体
于是一动不动的牛
站在草上
懒得走一步路

炊烟升上天
天上干净的村庄
散发一种香味
我们跑得很快
一句话
把另一句话打翻

两匹马的爱情

在西部广阔的山地中
一匹白马与一匹黑马
构成视野
一道最佳的风景

这是少见的
这是天生一双
一匹马与另一匹马
没有说一句话
静静地站着
仿佛沉淀进永恒的梦乡

这是一种处在高处的爱情吗
飘扬的风和暴雨
使它们不期而遇
使它们突兀明亮
优美地依靠

在这世上
刀尖般刺向我的目光
两匹马

使我想到
高原天空中飞翔的两种歌唱
漫漫长途中谁给我坚定崇高
大雪一般
贴在黑夜难测的脸上

马

又一次看到马
枣红色的一匹好马
站在早晨的风中

我在荒凉中被一场风沙
吹了三次
这远远不够
一匹马被吹了一千次
它的身体和尾巴
变成了风的形状

它甚至不再想奔跑　不去吃草
只享受阳光里静静一站
我们来也匆匆去也匆匆
和一匹马相遇的早晨
互相都没有来得及问对方姓名

沙　子

有一页纸上，落了几粒沙子
看到沙子里的泉水
那么小，被沙子捧着
在早晨亮闪闪的

曾一再陷下，双脚不能自拔
知道我身体里的黑暗
我努力擦了擦脸上脏脏的汗水
如果在夜晚，几颗星星
也悄悄掉入了深渊

去九月的路上，许多人真的陷了下去
陷在开着莲花的地方
沙子不过是沙子，谁看见那锋利的刀锋
在陷下的一个又一朝代里
割下向日葵，割下骆驼和人的头颅

风借着小小颗粒，呼啸而过
磨着时间这把刀子
沙子从指缝里不停流下
有许多次，突入我的眼睛

灵魂总是不安

一次次辗转反侧的人白了头发
仰望沙粒堆积的山
藏着经书和雷声的山
从少年到了中年
仿佛一晃几千年
那一望，内心动荡
沙子，仿若久远的大海
没有一座岛，让我停下来

在沙子上写诗
让风一次次擦去吧
没有一个字，可以留下
呼啸，汹涌，动荡的沙粒
在升高，也在跌落

"并非所有的沙子都会被风吹散"
——
在敦煌，我习惯了听着夜夜风声
走多远，都能回来……

骆驼刺

我想给沙漠里的骆驼刺喂一口水
它太矮小
太孤单
在正午酷热的阳光下
我很口渴
可它那么固执地抬着头
满身的绿刺
让我感到一种植物的疼
它却迎着七月的阳光
就在火焰的中心活着

比起背着矿泉水的我
那棵骆驼刺
真的不渺小
它没有要求我
当我静静凝视
把仅有的几滴水滴在刺上
不是我拯救了它
那一刻是它尖尖的刺拯救了我

敦煌诗篇

允许流沙咆哮
滚滚到此,突然止步
静默成一句千年诺言
硬化的部分
恰如骨头和血液
硬且热着

飞扬的线条
肌肉饱浸了多少力量
深深进入石头之中
那么久的拥抱
灵魂静默,时间
沙粒流泻

石头开花,莲花
你来时
阳光会照亮所有山顶和早晨
菩提树
柔情的细枝嫩叶
轻声念出了
深藏太久的肺腑之言

秋日午后

父亲说：那是摇摆的鱼
外甥东儿骑车进了乡村院门
十八岁的笑露出满口洁白牙齿

车把上塑料袋中的是鱼？活的鱼？
我并没有看清，这是秋天
风里传来收获的香味
那个绿色的鱼摇来摇去

东儿把塑料袋举得高高
我猜：绿的玉米？绿的鱼？

一只刚刚从藤蔓上摘下来的葫芦？
东儿笑，我们也笑
母亲点燃了晚餐的柴火
在乡村的午后，东儿和父亲
和母亲，也和我一句句说话

听到母亲切剁菜
听到锅里水沸腾

敦 时

煌 间

DUNHUANG

TIME

卷五

"并非所有的沙子都会被风吹散"

在敦煌

我习惯了听着夜夜风声

走多远,都能回来……

冬日小记

久未写诗,在高原上
雪一连下了数日
风景与美,绵延、渐远

夜晚,与妻子女儿踩雪归来
突然看见月亮又圆了
女儿惊奇地
抱紧她的妈妈
我则提着两大包东西
手指冻痛了,又似很幸福

包里有刚从书店买的新书
有一瓶红酒,还有花生、茶叶
我已不怕自己快五十岁了
自知自喜,书中三十六页处
是我去年写的一首小诗

我可以念给你听的
可以念给妻子和女儿
可以念给
这冬雪时节最圆的月亮

其时,我仰着头
眼眶冰凉,内心澎湃

我只爱一种诗意的生活

这是寂寞的生活
孤独、单纯,只为一颗心而活
这是安静的秋天
我知道郊外的树燃起一片大火
接着又燃起一片大火
我知道一片干净蔚蓝的湖水也笑了
只在此刻　只在此地

远方夜夜驰过一列焦急的火车
我没有焦急也不烦恼
我拥有的快乐也不是很多
一颗心很轻很轻
我知道枝条上的果实也很轻很轻

我要遇到一个静美的人
像书页里那么香甜的朋友
我说我只爱一种写诗的生活
这里没有股市的跌宕
没有书市的冷清
也不因为飞涨的楼价而夜夜疼痛

该喧嚣的让他们喧嚣去吧
这世界太吵太闹
让我坐拥诗歌坚守简单的幸福
热爱一个早晨珍惜一个妻子
我只爱这一种诗意的生活

致春天

我爱你
爱万有

爱美
与　无限

此刻，我爱你
离开

爱你——

有一天
回来

失败，于冬天枝头上的美

劲风吹来，真的猛烈
黄叶子被吹到半空
又斜斜雨似的撒落一地
冬天从西边来，正好碰我脸上
鼻子顷刻红了，耳朵火辣辣疼
携带着的沙尘，迷住眼睛

很多人，就被这风追赶着
一场风并没有带着鞭子
可这满世界的人，都被驱赶
人类蚂蚁般的队伍
在风里就是羔羊，或俘虏

人，是多么容易失败
不仅一场忧伤可以击伤
一场酒可以灌得东倒西歪
一场风也可以吹得四零五散
落花夹着流水，匆匆奔跑

家是唯一投奔的方向
妻子炖的一锅羊肉汤
散发出的温暖和香味
足以让我这个没翅膀的大鸟

一口气跑上高高的五楼

呵,冬天
人更容易失败于
这寒冷枝头上的美

神在的时刻

黄昏时,我在图书馆看书
钢琴声从门口传来
又跟着几个孩子远去

低头沉思,把自己
彻底交给一本书
灵魂也失去了,此刻
妻子正带女儿去她姥姥家
我在书中行走,去陌生的地方
在音乐声中,夜晚已经来临

我确信高高的书架上
一本又一本书
通往不同的远方
而落日中有神
黎明也有神的叮咛

当我合上书页
走出图书馆
大雨已停,树木葱茏
天空布满了众多
宝石般的
星辰

简单的春天

我需要的春天
总是离人们不远
今天的风吹着
脸庞有了潮湿的感觉

我渴望在一座草屋子里住下
和心爱的人读书、写诗
饥饿时候用一把青菜煮面
然后各忙各的事
她戴着眼镜低下头的样子
已成为我记忆中闪光的片断

我还是那样爱着
有时候她会给我讲起故乡
我会说些我的童年趣事
如果困了我常常站起来伸伸懒腰
她就会为一盆花浇水
阳光总是照进那一扇淋过雨的窗户
旷野上吹来每一缕风
都让我们惊喜

如果这些还嫌不够
我们会在早晨或黄昏

走出门去

溪水等着我们呢

青草也等着我们呢

最好带着自己的孩子

在泥泞的乡间小道上追逐嬉戏

这时候那么多人也来到了郊外

他们好自由好快活

把一只风筝

放到老高老高的天上

不知不觉，我们也加入到他们春天的行列中去

良 宵

我相信,这一定是存在过的
否则,我不会用舌头
舔杯子上几乎滚下的一滴红酒

我相信,血液与血液
最美好的相连
那刻,我与妻子都没有说一句话
她在客厅沙发上看手机
我在书房的灯光里
写一句比远方更远的诗

我相信,世界响了
在我们之外
在头顶,鞭炮声不止一次
宣布他们也拥有过的巨大美好

我相信,月光一定
照着这一座小城
还有另一些模糊的村庄
一只狗,像一个爱说普通话的人
用它的方言,对着什么
一次次发言

我相信，白杨树

依然正直地

站在三十年前的老地方

而风吹来的时候

也没有弯

有人在睡眠中

发出轻微而美妙

梦一般甜美

芬芳的呼吸……

在内心里保留一点点神秘

我决定不再往前走
这个世界太大地球太小
一往无前者一定缺少脑子
神秘越走越少
黑暗与光明交替
在我的内心和身体交接处

我想留下疼
背负累
把对未知的神秘当作永恒之神
悄悄珍藏

我还要留下那些青春和激情
让岁月像火慢慢地燃烧
借着自身的温度
在夜晚取暖和阅读

让我就这样留在最平凡的生活
在低处做衬托春天的绿草
不愿麻木

让我在心里还保持着
一点点敬畏
一点点快乐
呵，还有神秘，一点点的
这是金钱再也买不到的

需　要

几粒粮食，一些蔬菜
生活就闪烁出早晨的光辉
清水般的思想
俗人的梦想
心会起伏着愉快起来

如果不够，就点一盏灯
万家灯火中寻常的一盏
还有一个相知的小妻子
真心的疼爱

在好大好大的世界里
一点温暖，很多安宁
就已足够，一个夜晚
在数也数不清的人群中
只要一颗好心
就足够我漫长的一生

立秋小记

8月8日,立秋
我小跑一阵
拐过一片挂满果子的园子
和晨练的熟人,习惯性地打个招呼

天还是热,窗户打开
天蓝云白,如果有一缕清风
书页,就不用手指翻开

中午吃很甜的瓜,妻子说
感觉只吃了两次瓜
夏天怎么就过去了

妻子洗净了去年的冰柜
我用自封袋装好乡里送来的西红柿

想起一位长者,白发
去年这时候和他对饮
我把一本签名诗集
一页页再看一遍
把其中写秋天的句子

拍照，轻轻
点在微信朋友圈

女儿在她姥姥家
傍晚时骑自行车把她接回来

初冬小诗

阳光是暖的
肩膀和远远山脉
都亮亮的,
光来自什么地方,走过什么地方,
是谁　突然在内心　说出一句疼谁的话

一个人从高高的楼上
走下去
满地的黄叶子
在风里小刀一样飞来
这唯一长翅膀的生灵
只把我匆匆的脚埋住

在时间里挣扎
想你,在人间的医院
与病人交换干净的精神
把灵魂熬成一服苦药
我与你最近
可也久无相见

走很远的路
我一直抱着小小女儿

灵魂是一种烈酒
一再喝过
天冷时我们围着
火炉般的人生
醉了的样子
一定笑着
不许掉泪

可是今天
你也要早早
赶在天黑前回家
我抱着女儿
走回城市边缘的五楼
妻子等着
那盏灯已经亮起

只愿那刻
你也在家里
散开一本随意的书
有一页散出香味
温暖绕指

苹果的坠落

谈到秋天的苹果,很多
也可以谈沙漠

夜晚来临,秋风撞击出响声
妻子骑自行车,女儿坐后边
一匹老马奔在红绿灯的路上
只两只脚,气喘吁吁,没有翅膀
月亮隐去了脸庞
在树枝和云之上

走上五楼,每天三次或五次
我把这叫回家
乡愁长什么样子
没有时间去观察
一颗钻石
闪烁在了夜空

坐在餐桌前,倒杯酒
在远方,陌生的早上
你干净,庄重,这个夜晚
月白,风清

沙漠，夜风，在窗外
苹果在果园里
一只，一只，一只地坠落

怀 念

我没想到春游的鞋子
会带那么多泥回来
当我在五楼的沙发上坐下来
看到不小心在地板砖上走出来
一条图画般的小路

这些泥泞的脚印
在我居住的房间里生动起来
我不打算很快把它们扫出去
倒进垃圾桶里

我要看一会儿，要感受一下生活
突然间迸发出来的诗句
这些泥泞留在地板砖上的脚印
使我想起时光的青草
岁月的野花

从　来

幸福从来不会在远方
当内心沉醉，也许冬天
一杯红茶一缕阳光
就将重重严寒抹去
在图书馆里
一本书自然翻开
而一个倾心的人
也偎依在身旁

幸福从来不会在远方
当两岁半的女儿
舔一颗小巧克力棒
哈哈哈发出笑声
在你头颅里的乌云
和挥不去的烦恼
已经不知不觉
在瞬间杳无踪影

失败者

疲倦了的午后,与孩子
在五楼房间,彼此对峙

想起往事,诸多记忆
都似镶着金边的银器
尘埃,还有光泽
让时间有了厚度

陷于沙发的软,孩子咳嗽
高烧后还红着小脸
她手持玩具,像武器
我又一次举起手
在她眼泪滚过小脸之前
在她哭泣之前
很听话地　投降了

仙人掌

没有长在沙漠里
长在我五楼的花盆里
早晨开窗时
就看到的小小盆景
让我想了很多
却最终什么也没说

是不是妻子的手掌
是不是我的身体
我被扎过几回
看不见的刺最痛

是某个仙人忘掉的灵魂吗
至少也是佛的告诫
这种花当然太少了
世界需要痛

在旅途上

我们坐车
去一个春天的远方

像我走在你的心里
或者你走在我的心上
看到窗外掠过风景
心情和树梢涌出愉快
我会不小心搂一下你的脖子
你轻轻拍一拍我的肩
这样接触实在很美
而你的浅笑
温顺善良犹如淡淡花香
在很多人拥挤的大巴上
我们紧紧挨着
哦,仿佛是十六七岁的少年
在人们偶然一掠的目光里
流露出特别幸福的羞怯来

我们坐车
去一个著名的风景区
旅游的人满怀新奇
在未到达的路途上
总颠簸出一些意外欢乐的笑声

我们只享受这激荡心情的行走

而过程中沉醉的你

会戴上色彩鲜艳的牛仔花帽

我会更紧地搂一下你

很多次彼此深情一望

内心交换了多少内心

幸福绽开在眼里

一次次重现

春天的路和过程

总是充满神秘

父　亲

从唐朝来的飞天
驾几朵祥云
衣衫透彻
飞了一千多年
仍在洞窟的墙壁上
佛当然慈悲
俯瞰着
一个阅尽沧桑的老父亲
把苦海又走了一遍
我在想，这也许与人世无关
当面对早安的洞窟顶礼
内心早已丢失
乡下老父亲卧在病榻
他曾给佛祖打工
画脸
飞天还是少女模样
如今在一场大雪里
他瘫痪的双腿
再不能走一趟远路
双手抖动如干枯的鸡爪
飞天们依旧在墙壁上飞翔

春天之约

年年春天，在阳关脚下
植上一行行树
年年春天，一车一车人
一群一群人
扛铁锹，背着树苗
从城里如约而来

父亲们弯下腰挖一个个小坑
子女们扶起一棵棵幼小树苗
在风沙里，踩实了，浇水

年年春天
在一场风与另一场风之间
植上一行又一行树
风沙的一角压住了
风沙的另一角也压住了
风沙的绸子，安静下来

抬头，高处是阳关
更远的皑皑雪山
站了，一千多年

我去过最深的地方

悬挂月亮的梦里
花开又落了的内心

泪水的深井
天空也只有井口那么大
一个针尖
思念跟着母亲皱褶的手
走了一年又一年

不见五指的夜晚
鱼隐居大海
冰凉的西瓜里
一只虫子尝着甜蜜

似乎是远方　许多远方
鸟儿已经折断了翅膀

五十岁后，回到故乡
才发现　自己
是我去过最深的地方

九　点

低头看书，看到云和天空
移动的光让手指清晰
而喧嚣与宁静在某一条小巷
相逢一笑或擦肩而过
此时月亮在天上，也在一片大海上
我从一根又一根线上走
汹涌着肉身，沙漠汹涌着浪花

一页书从唐朝翻到了今天
今天在起伏高山之后渐成峡谷
所幸芦苇很多保持了金黄和锋利
也有湖泊和水鸟
日头在岸边渐渐要掉下去
想一把拉它上来
每一个日头都是掉下去的脸庞
似乎没有一点儿悲伤
想起了父亲母亲

在乡下天就这样黑了起来
一个人坐在石头上
燃烧的星辰和暮色

也把我燃烧了起来

一脸的泪水无人擦去

想打一个电话

可不知打到北京

还是那个叫三号桥的村庄里去

归来小诗

从远方回来
相当于从雾霾和冷风中
回到洁净的雪和明媚阳光里
泡一杯龙井
就为自己洗了尘

和亲人朋友说会儿话
翻开刚刚收到的
一本好书
喝一杯酒
睡一个早上的懒觉

这个小城
就像一个怀抱
让我抱抱
让我也抱起
五岁的小女儿
几天前她在视频里说：想爸爸，
快快回来

还有一件最重要的事
——把心收回来
把散成碎片的心

把掉地上的花瓣
一片一片捡起来
让它们快快回到我的身上
因为，春天确实
不太远了

文学敦煌的守望者

——读《敦煌时间》以及其他

曹建川

  今年春节,健荣约我去他乡下朋友家串门。那地方在敦煌城北十几公里处,很安详的一个小村庄。屋舍前竖着几排北方冬天里惯常模样的白杨树和榆树,秃兀,干硬,冷瑟。因为是春节,家里来往客人多,我们去时刚好上一拨人才走,主人家正忙碌着打扫、洗漱,开始准备下一餐盛宴。友情是热的,但屋里即便架着炉子也还是觉得冷,我便叫健荣出门走走,去看看乡村,去看看灰色天空下北方大地的余晖。

  出了院门,左拐一百来米,横过一条乡村公路,再走一百米,就是一所乡村小学。学校空寂,地上铺满金黄的落叶,随风翻滚。我想起健荣很多年前也在乡村小学教过书,便问,是这里么?他羞涩一笑,说,不是,在另一边,不远,是一所中学。我点点头,故意深看了几眼空荡荡的学校,我想努力地看见三十多年前,在一所乡村学校,一个心怀文学梦想并期盼着远方的乡村教师,在那里一边教孩子们识字作文,背诵唐诗宋词,一边抖擞着青春的荷尔蒙奋力地写着诗歌,将自己生命的天空用一支理想的笔渲染得绚丽多彩,并期待着文学的人生梦想花开。想想,那是多么像童话一样的世界啊。

  于是,我也想起在前不久,跟健荣曾经的两个学生吃饭,一个已经是在兰州某中学执教的语文老师,一个是在商道打拼的小老板,她们都很乐意谈起她们曾经的方老师在乡村学校教书时候的情景。一个说,我们经常看见方老师守在校门口,呆呆地望着远方;另一个说,方老师为此遭到校长的批评,说"不务正业"。我问健荣,你在望什么呢?健荣回答:我在等邮差,等远方杂志社的来信。我的鼻子一酸,猛地灌了一口烈酒,压住激动。我知道,在20世纪八九十年代,很多青年人都做着文学的梦,用诗歌用小说诠释着激情青春和理想信念。那是一个特殊时代才有的特殊的人文风景。于是,每当看见田园村庄,看见乡村里的学校,我脑海里便浮现起一个画面:一个乡村青年,雕塑一般伫立在学校门口,倔强地伸长脖颈,固执地眺望着远方……

因为这份固执,因为这份对文学的坚守,健荣的诗文开始见诸报端,在引起学校领导严重反感的同时,也引起敦煌市委领导的高度重视,他因此放下教鞭,提着一支笔,扑颠扑颠走进了宏大气象的政府机关,开始了漫长的案牍工作。从每年见诸报端几百篇的新闻走量来看,健荣确实是敬业的,也是未来可期的。也或许是太敬业的缘故,他的身体亮起了红灯,心脏开始报警,被迫无奈,他做出了人生又一次抉择,带着满身困倦出了政府机关,去了文化馆,到了图书馆,与书为伴。肉身暂且得到了安放,精神重新焕发活力,文学的梦想之花终于迎来了深度开放。于是,一个乡野的文学眺望者,自此成为一个文学敦煌的真正守望者。

这些年来,健荣兢兢业业干着本职工作,克己奉公,无怨无悔。他和他的同事一起,将敦煌图书馆打造成盛大敦煌的一张文化名片。他更是勤耕于自己的文学田亩,一首首闪亮的诗歌飞出敦煌,飞出沙漠,飞出河西走廊,飞向全国各地,终将使自己的名字在中国诗歌界无障碍流通。健荣用文学开启了生命第二春,他成了文学敦煌的一张名片。因此,他不得不承担起敦煌文学"掌门人"的义务,外边的诗人作家来敦煌,只跟他单线联系。不管认识不认识,来了都是客,于是他那本来不高的薪水每月更是捉襟见肘。他那张人畜无害、四季平安的脸,也渐生了痛苦的皱纹。这是一份甜蜜而痛苦的担当。

他爱敦煌，爱文学，有时候爱得都透不过气的样子。因为爱，所以爱，这不需要理由。也因为如此，他对敦煌文化圈一些乱象表达出毫不回避的愤怒和冷峻的批判。有时候我就胳膊朝内捣捣他，劝他少说两句，他听见了却假装听不见，偏就要说。每每看到他脖子上青筋暴起那股子狠劲，我想笑却笑不出来，只能为他干着急。每到极致处，他会失声、失语，失去修辞，便无辜地用孩子一般，直愣愣的目光怅然地紧盯着我。我便想拍拍他的后背，让他把那个"核"给吐出来，要是吐不出来就吞下去。其实，不用拍，那些狠词在他舌尖上炸裂开了，他也就释怀了，安歇了。

当然，健荣也不笨，他知道仅仅激愤是不管用的，面对十个、百个当代王圆箓，愤怒解决不了问题。他会以另一种方式为文学敦煌修身、正名。几年来，他以个人之力义务集结全国著名作家为敦煌书写了一篇篇文章、一行行诗文，并自找资源结集出版，面向全国发行，用文学的方式正面塑造敦煌形象。比如《大美敦煌》系列散文精选集，一经面世便深受全国读者好评。他还积极建言献策，将书写敦煌的著名作家、诗人叶舟先生长篇巨著《敦煌本纪》（精装版）和《大敦煌》（20周年纪念版）的首发引进敦煌，让敦煌的史诗巨著《敦煌本纪》荣归敦煌故里，让《大敦煌》再次为"一带一路"之敦煌渲染传世神情。也因为他，李敬泽、阿来、沈苇、郭文斌等当代著名作家，对敦煌不吝倾献华章颂词。敦煌，获得中国文学界最高关注，这是当代文学敦煌之幸。对于敦煌"文学赤子"的称号，健荣可以心安领受。

其实，我更愿意说说生活中的健荣。

这世上，每个人都在寻找一个同类者当朋友。所谓的朋友，就是这世上存在的另一个自己。我和方健荣便是，并互为镜像。虽然，我与他有很多不同之处，但相同之处是：我们都是诚实良善之辈，铿锵激越之徒。有了这两点相同，再多的不同也就不那么重要了。

平日里和健荣厮混得多，吃吃喝喝，骂骂咧咧，都表着俗世里最鲜活的情。在这些表情里，我也深谙健荣其人，我认为他是柔软的、忧郁的、悲伤的、愤怒的，甚至有些偏执。说柔软，是因为他是一个良善实诚之人，这就决定了人生胶片的底板没有被刮花，这也决定了洗出的照片是颜色纯正的。面对人世，他谦卑、低调而有涵养，尽可能以君子之态在此这厢有礼。他一般不带有攻击性，他满身的刺都长在骨头里。当他用上善若水的柔软还不能解决问题的时候，他就表示出忧郁和悲伤。他大多数时间都是使用自己理想化的逻辑来解释人间这个大命题，但往往受伤的只能是他自己。这当然也是理想主义者惯有的受伤模式，理想主义者只活在理想主义的世界里，并对外界统统嗤之以鼻。但，俗世里的非道德、非道义、非理性、非逻辑的力量是强大的，惯性的，他们野血膨胀，并野蛮生长。在这种情况下，受伤害的只能是自己的身心。所以，常常见到健荣那抑郁、忧伤的眼神，就像受伤的小猫一般，无一处安全地可以栖藏安身。

悲伤的极致就是愤怒。愤怒是人类情感极为重要的一部分。健荣的愤怒是常有的，他端起酒杯，不管不顾，细碎的言语愤怒成飞出枪膛的子弹，快速地滔滔不绝地汪洋而下。或者，趁人之虚，一把搂过你的脖子，嘴巴贴近你的耳朵，一股混合的滚烫的气流呼啸而出，强行给你诉说衷肠，怎么撑都撑不开。甚至有一次，寒冬深夜，他彻底悲伤了，趔趄着出了饭店的门，便朝霓虹闪烁的党河风情线狂奔而去。我因担心他而一夜难眠，谁知第二天他发来一首诗，《一路狂奔》：

我一路狂奔，失魂落魄 / 从你的眼皮底下逃走 / 我没有眼泪 / 也没有灵魂 / 我如此贫穷 / 背着空空的躯壳 / 没有一盏灯 / 也没有投奔的故乡……我一路狂奔 / 从灯红酒绿和欢声笑语中 / 落荒而逃 / 我牙齿打战 / 已丢失了翅膀……我在这个黑夜，此时此刻 / 一路狂奔

我想劝慰他学会克制，但我想了想又说不出口。有些情绪一旦遭遇克制，就变得庸俗且毫无意义。我不反对但也不劝说一个诗人要保

持克制，那是无理的。不用做更多的诠释，这一路狂奔的文字后边的灵魂，是多么的孤独、困苦、敏感、自尊，悲伤而又歇斯底里。一个在生活中受伤的人，在酒后将自己的卑微勇敢袒露，让伤口流血，往伤口撒盐，那得是多么的无力、无助啊。他深陷在自己的情绪里，失魂落魄。他在呐喊，在挣扎，在困兽犹斗，在向命运发出撕裂般的咆哮。但现实的铜墙铁壁会置若罔闻一个理想主义者最悲催的惨叫。受伤的小猫要么一路狂奔，要么一路嚎叫，你真的别无他法。但作为朋友的我，每每看见他如此这般激越，除了劝他少喝两杯之外，我还真不知道这世上还有什么语言可以安抚他狂乱的灵魂。但每一次，只要端起杯子，又总是不醉不罢休，直到两眼呆滞，直到舌头打卷，直到发誓说下一次如何如何戒酒云云。但往往，那都是惯有的对着骨头发誓。回想起来，也幸亏有酒，可以麻醉，可以宣泄，也可以在自我沉沦中戴着脚镣舞蹈。这是这世上觉醒者惯常的舞蹈。

好在，诗人在漆黑的孤独中，总在寻找着自己的精神方向，寻找着那束生命的光亮，正如他的《我要去寻找有灵魂的人》：

把胡子刮得干干净净/我要走出门去……把心情梳理得平平顺顺/把心意怀抱得恭恭敬敬/我要去见人去……可我从不愿只背着名字的躯壳/而把饱满疼痛的灵魂丢弃/我是有灵魂的人哪/我要去寻找有灵魂的人唉

这是多么欢快欣喜啊，出门去寻找灵魂。健荣找到了有灵魂的人没有，不得而知，但他依然像堂吉诃德一样在向世俗发出庄严的挑战，他在苦心孤诣地寻找，寻找迷路的灵魂，寻找丢失的美。他觉得这世上美能原谅丑，善能原谅恶。我相信，只要在寻找，一切都将有可能，所以，并不是说他的生活完全就暗淡失色。黑夜过后，太阳终将升起，他又比常人更容易看见破晓的那束光亮挤进窗户来。他在黑夜里蝉蜕，在早晨新生。他在《早上真好》这样写意：

我，把阳光/一点一滴地/抹在面包上/抹成蜂蜜应有的厚度/再

轻轻捧着，放嘴里/——噢，真好/早上真好

由诗人到诗，我们可以看出健荣的诗是有情绪的、有态度的、有生活的、有爱憎的。我想说，他的诗充满浆汁，是活生生的生活。

窃以为，诗是最靠近神的艺术。我也相信，很多诗人都是神人。神人不是贬义词，也不是褒义词，或者说就是一个比喻，一个象征。俗世里的人讲究的是线性关系，因果关系，但诗人不。诗人的乖戾是不定期的，就好像一枚树叶，你总以为背面是表面的翻版，纹理相对一致，但，不，他们是反向性的。所以，解读诗人，解读诗歌，都是徒劳的。徒劳在于，让一个惯吃土豆的味觉去剖析奶酪的味道，这多少有点荒唐。所以，诗歌拒绝读者深度解读，也拒绝读者很明确的释义，谁这样解读诗歌和诗人，那都是对神的大不解。我认为，神就是无所不在而又无所在。诗歌，只能是诗人自己面对上帝的秘语。

但从以上"有情绪的、有态度的、有生活的、有爱憎的"这几个关键词来看，健荣的诗是有风度的。他的诗充满浓郁的"原生态"的生活味，很多诗歌多是偶发而出，绝无做作，绝非制造，或者无中生有。虽然无中生有是文学出道的一种方式，但他不。他坚持着诗歌出道的基本路径：刺激，碰撞，缠斗，对抗，妥协，糅合，提炼，升华，呈现。健荣保持了对生活敏锐的观察力和恰如其分的捕捉力，一沙一石，一草一木，都能入诗。而且，他最大可能地赋予了这些惯常事物以情感，以诗情画意，让人读起来没有隔阂，没有距离，有亲切感，也就是常说的接地气。但，他不愿意流于平庸，他又是有态度的。态度，决定一个诗人的质地。健荣的疾恶如仇，在生活里也表现得宁折不弯，在他的诗文里也同样鲜明着态度，拒绝妥协，不愿和解。因此，他的眼泪不仅仅为自己的苦痛而流，也为苍生万物——《泪水》：

一大颗泪水/其实，是一场/滂沱大雨/自泪汪汪的万千枝头/素洁花朵/染红背影/打疼人世

他曾在2008年汶川大地震后写给死难者的一首诗，我至今记得最

后一句话：

我的兄弟／在大地深处／睡着了

千万颗泪滴都难以表达的巨大的人类悲痛，被他用十二个汉字轻轻安放，逝者入眠。每当想起，我都会心颤。这是健荣柔软的天性里匿藏的巨大的爱，他爱得那么细微，那么精致，那么烫人。这都是修为而来的。在敦煌这个巨大的佛国圣地，所有苍生都是前世的修行者，步步为莲，莲花盛开，比如在这首《在沙漠里种荷》的诗词里，他形象化了自己的人间修行：

在沙漠里种荷，在石头上／或今晚的月亮上／心，就像种子……让我在星辰上种荷／在白羊座或射手座的银河两岸／在北半球，和遥远的大海上／那荡漾的一万亩红的白的花朵／将在六月的泪水里怒放……独自种荷，汗水流过手指／而内心，那么洁净／空空的竹篮子，打捞着人世／最大的一场虚空

健荣的诗来自真诚，他的诗兴多来自触感，也就是有感而发，很少凭经验加工意象，也就是很少"做"，所以他的诗文呈现出不一样的色调和质感。比如他写父亲，写母亲，写女儿，写妻子，写朋友；写骆驼，写马，写驴，写羊群；写沙山，写村庄，写草原，写绿洲……写的都那么令人真诚的心碎，和心碎的真诚。

当然，我不需要通过我的说辞去定位健荣的精神世界和修饰他的诗歌理想，他自有他自己的方向和路径，不用催促，他一直在前行的路上，从乡村到城市，从少年到白发，从未懈怠，从未停歇。当然也不是说他就非常讲"原则"，有时候，他也放逐，自愿地被现实挟裹。是啊，作为一粒沙子，怎么可能阻挡住奔腾而至的滔滔洪流啊。被挟裹，是大命，得认。因此，健荣每当从诗人的情绪里清醒过来，重新面对坚硬如铁的现实，他又变得很受伤害，像那只无处躲藏的小猫，连呻吟都是不合时宜的。他也无数次以"失败者"自居：

疲倦了的午后，与孩子／在五楼房间，彼此对峙／想起往事，诸

多记忆／都似镶着金边的银器／尘埃，还有光泽／让时间有了厚度／陷于沙发的软，孩子咳嗽／高烧后还红着小脸／她手持玩具，像武器／我又一次举起手／在她眼泪滚过小脸之前／在她哭泣之前／很听话地投降了

　　健荣自诩是个失败者，是个投降者，不如说他是个胜利者，是个王者。因为，他只投降给时间，垂败给未来。而那些所谓的赢者，赢得了表象，赢得了利益，赢得了投机和取巧，其实他们早已输掉了，输给了时间抉择，输给了未来的审判。在这个问题上，我可以与健荣共勉：我们都是失败者。但在醒来的时间面前，我们还在活着。

　　其实，我深爱健荣写喝酒的那几篇诗文。不是写得有多好，而是以酒为媒，他找到了众多的同类者，他就不再那么孤独。他们，一帮河西走廊的诗人相聚在酒泉，在嘉峪关，在兰州的某个小酒馆里，目光清脆，举起杯，一声兄弟走起，仰脖而饮，醉了便歌，困了便睡，大快朵颐，大醉人生。那是状态，那是他活着的最美好的状态，脱离了苦痛与思考的状态，只要有一声声"干杯"，人生便如此般可以恣意挥霍而不计代价。

　　醉了，还会醒来。醒来，还会醉去。这是一个诗人的苦渡，在一杯酒里，他早已幻化成蝶，以为展展翅膀，就飞出了凡尘，进入了仙界。在那个他自以为是的仙界里，他和他们，都是王者归来。

　　哦，在北方的天空下，在敦煌的沙漠里，我的脑海里将会固化这么一帧风景，并伴我离开敦煌，回到南方，回到另一个梦开始的地方——

　　一个孤独的背影，倔强地守望在文学敦煌的门口，深情地眺望着远方……

2021年6月28日